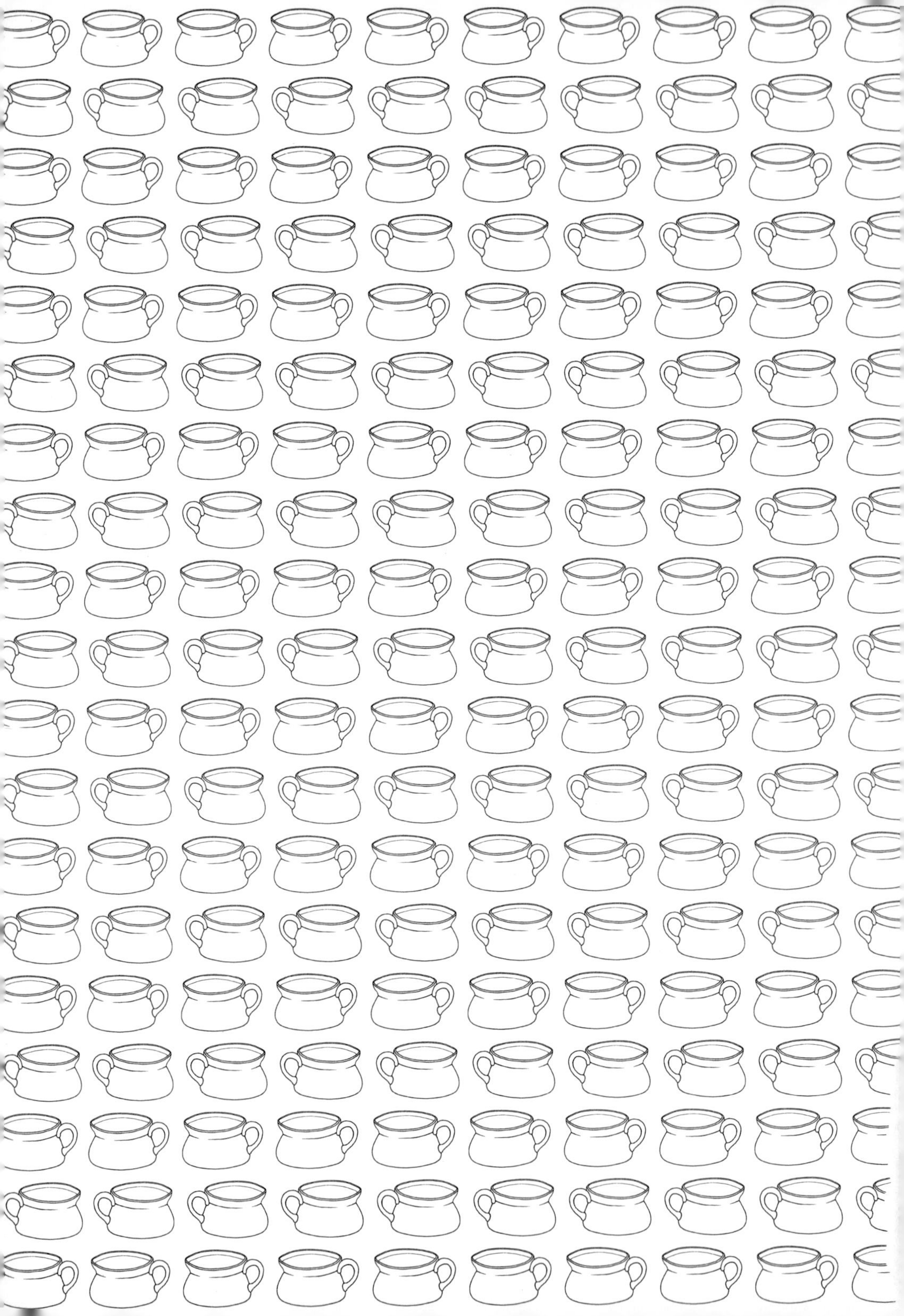

Potzgä, Pöppl und Potschamber

Rettl Motschenbacher

Potzgä, Pöppl und Potschamber

Alte und neue Geschichten aus Bamberg

Mit einem Nachwort
von Willy Heckel
und vielen alten Fotografien

Verlag Fränkischer Tag

Lektorat: Monika Beer
Vignetten: Jürgen Pfeiffer
Satz und Gestaltung: Susanne Kraus
Gesamtherstellung: creo Druck & Medienservice GmbH, Bamberg
Printed in Germany

ISBN 3-928648-69-1

Inhaltsverzeichnis

Miä sän halt in Bamberg!

Mä sollts net glaabn: Etz kummt schon der dritt Bond mit dena Gschichtn! Dass manche davon ja »recht schön« sind, wie »Das Kartofflgemüs«, schrieb mir eine Bambergerin aus ihrem Kuraufenthalt; aber auch, dass sie nicht alle für »bewunderungswürdig« hält, weil sie halt doch oft recht derb sind. Bewunderungswürdig? Nein, dafür halt ich die Geschichten bestimmt nicht, und schreib sie auch nicht deswegen auf, sondern weil ich meine, dass etwas von der besonderen Art und Mentalität und dem Lebensgefühl der Bamberger in ihrer Stadt festgehalten werden müsste, sei es aus der Erinnerung oder von heute. Da fällt mir ein, dass diese Briefschreiberin lange Jahre Chefin einer chemischen Reinigung war – und chemisch rein sind meine Geschichten wirklich nicht!

Mein Sohn, Lektor in der Schweiz, schlägt in die gleiche Kerbe: »Mutter, hast du dir schon einmal überlegt, wie unwahrscheinlich hoch der Prozentsatz an ›fäkalischen Wörtern‹ in deinen Geschichten ist?« »Ja mei«, sag ich, »schließlich sind wir in Bamberg, und da gehört das eben dazu!« »Do host a widdä rächt«, meint er in unverfälschtem Dialekt. No, und beim neua Buch »Potzgä, Pöppl und Potschamber« is so a Wort zägoä im Titl drinna, do hört sich doch alläs auf!

Vielen Lesern ist es aufgefallen, dass es sich nicht mehr nur um Kaulberger Geschichten handelt, sondern dass sie auch in andern Stadtteilen oder im Umland spielen. Aber wenn mir jemand so an schön Straach erzählt, dann kann ich einfach nicht widerstehen. So sind in diesem Bändchen verstreut auch vier »Josefsgeschichten« enthalten. Damit ist aber nicht der ägyptische Josef der Bibel gemeint, den sich auch Thomas Mann zum Thema genommen hat. Nein, es ist Josef Zöttlein, Metzgermeister und Wirt der »Würzburger Weinstube« von 1919 bis 1951, der ein richtiges Original gewesen sein muss.

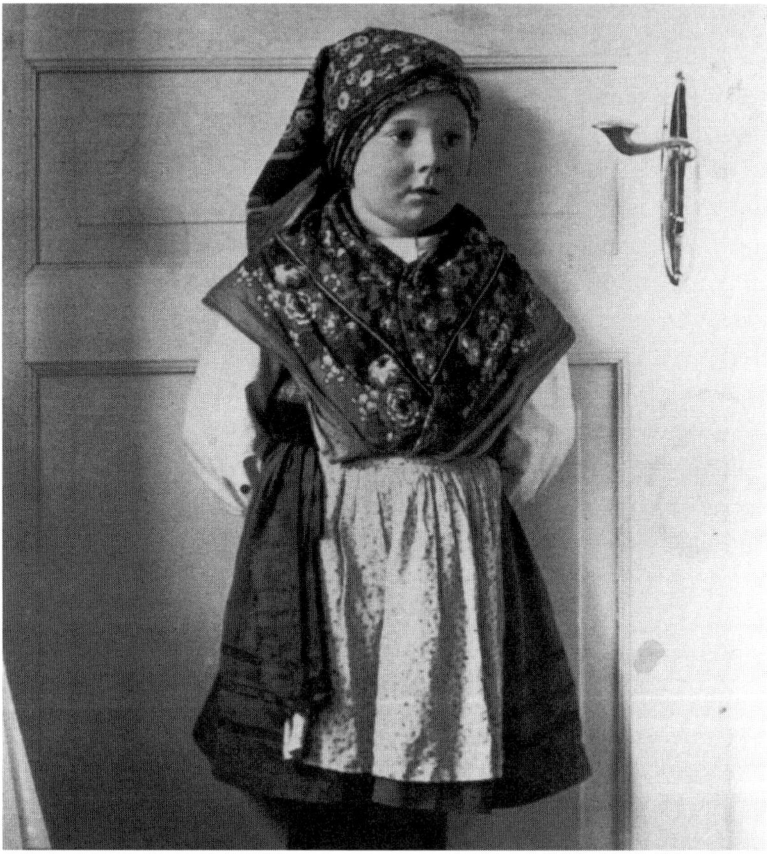

Bauernmaadla hie – Bauernmaadla heä: die Rettl in dä Fosänocht 1936

Dass »Potzgä« oder »Potzä« ein Spitzname für Polizisten ist, wissen die meisten. »Pöppl« dagegen haben eine doppelte Bedeutung. Die dunklen Gestalten, die früher am Kaulberg ihr Unwesen trieben und im Advent die Kinder »förchät« machten, sind heute fast unbekannt. Pöppl aus der Nase aber gibt's wie eh und je! Man kann öfter sogar hochgestellte Persönlichkeiten beobachten, die sich gedankenverloren dem Nasenbohren hingeben. »Potschamber« oder »Potschamberla« ist die Bamberger Version des französischen »pot de chambre«, des Nachttopfs, der als Vignette (fast) jede Geschichte abschließt. Dass ich die drei Worte Potzgä, Pöppl, Potschamber »hart« geschrieben habe, werden manche nicht verstehen, und auch meistens die t's. Aber da man in Franken diese Laute eh weich spricht, der Wortstamm klarer und die Lesbarkeit besser wird, haben wir – die Lektorin Monika Beer und ich – uns dazu entschlossen, mit einigen Ausnahmen, je nach Situation. Und dass ich's net vägess: Zwei neue, im FT noch nicht veröffentlichte Geschichten ziemlich anrüchiger Art sind auch noch im Buch!

65 Jahre später, Fasching 2001: die Rettl als Häckära

Nuch a Gschicht

»No, Rettl, wie fühlt mä sich denn so als Bamberchä Kultfigur? Des bist doch, nooch dem, wos dä Rednä vorhin gsocht hot?« So fragt mich ein ehemaliger Schulkamerad bei der Buchpräsentation von »Zwoggäla, Grischperla und Blunzn« im Renaissance-Saal in Schloss Geyerswörth. »Ich ko diä bloß soong: bescheidn! Ich bin doch eichentlich a ganz normalä Mensch!« Darauf muss ich einen Schluck Frankenwein trinken – aber gleich geht's los mit den Signierwünschen.

»Also«, sagte eine Frau, »ich lauä ja scho immä, ob vo Ihnäna a Gschicht im FT steht und donn störz ich mich drauf wie a Aasgeiä!« Ein Bekannter aus dem »Heiligen Loch« möchte, dass ich mit meinem »echten« Namen signiere, damit er mein sicher üppiges Honorarkonto abräumen und mich »wie a blunzicha Weihnachtsgons« ausnehma könnät. Den Noma konnä scho hobn – obä a eigns Konto lohnt sich net! Rührend finde ich die Liebesbeweise altgedienter Ehepartner. »Freut mi nix äs wie mei Kunnäla« möchte der Schorsch für sei Gunda neis Buch geschriebn hom, nach dem wunderschön vorgetragenen Lied des Bamberger Vokalquartetts. Bei der Ursel heißt es dagegen: »Nur für Erwin!« Der vor mehr als dreißig Jahren von den Ministranten der Oberen Pfarre gewählte Papst kriegt als Widmung: »Für Helmut den I. von ???« Wirklich schade, dass weder er noch die anderen anwesenden »Kardinäle« sich an seinen Beinamen erinnern!

»Waßt du des eichentlich aa, dass vor hundert Joä und bis zum Erstn Weltkrieg aufm Kaulberg Weihnachtssängä gebn hot?« fragt mich der Vetter Fritz. Jetzt, wo er es sagt, kann ich mich deutlich erinnern, dass meine Mutter davon erzählte. Im Lauf der nächsten Tage fallen mir immer mehr Einzelheiten und sogar das Lied ein. Aber ich war sehr im Zweifel: Sollte ich darüber nuch a Gschicht schreiben? Wal sie doch so derb

Scherenschleifer vor dem Messerschmitt Mitte der fünfziger Jahre

is, obä – so wors halt! Mein Schwiegersohn, ein Preuße zwar, aber sehr humorvoll, findet sie »einfach toll« und gibt ihr den Titel »Seelenverstopfung«.

Dazu braucht's noch eine kleine Vorgeschichte, um den Umgangston der Weihnachtssänger deutlich zu machen, die während des Jahres als Scherenschleifer und Kesselflicker herumgezogen sind. »Des woä a Rass füä sich«, pflegte meine Mutter zu sagen. Es waren nur bestimmte Familien, die dieses Metier ausübten, und oft gab es unter ihnen Rivalitäten und Gebietskämpfe, die nicht selten in blutige Raufereien ausarteten. »In deim Altä woä ich a ganz andärä Käll«, sagte grollend ein unterlegener Scherenschleifer zu seinem kleinen Sohn. »Wenn mei Vorrä a Hauerei ghobt hot, do woä ich gleich mit mein Messäla bei dä Händ und hob den andän nein Orsch gstochn!«

Aber an Weihnachten waren sie unglaublich gesittet. An den Feiertagen zogen sie als Familien vor die Häuser der Häcker, die ihnen auch während des Jahres Arbeit zukommen ließen. Gäwaschn und geschneuzt und mit unwahrscheinlich frommen Mienen sangen sie: »Was wölln miä dem Christkindlein gä-ä-ben? Unsä Läbn wolln miä ihm gä-ä-ben! O, wir lieben dich gar zu sehr, o, wir lieben dich sehr!« Um sich von diesem unsäglich vielstimmigen Gesang zu befreien, gaben ihnen die Frauen Äpfel und Nüsse, und – obwohl sie selbst nicht viel hatten – ein paar kleine Münzen. Und natürlich war sie auch diesmal wieder unter den Sängern, die old Willingonsa! Sie musste doch schon uralt sein und zog immer noch mit herum. Dem Großvater Simon wünschte sie als Hausherrn auch gleich »A glückseligs neus Joä«! Das war damals in Bamberg der einzig gültige Wunsch, drunter ging nichts. Wenn es auch nicht so aussah, als ob sich im nächsten Jahr viel zum Besseren ändern würde, wünschen musste man es doch, sunst werds välleicht nuch schlechtä!

Der Simon sah als Realist das Ganze mehr oder weniger als Bettelei an, ganz im Gegensatz zu seiner guten Fra Kuni, die den Sängern schon gleich etwas zugesteckt hatte. Er sagte, grod oo, wie er war: »No, Frau Willingons, Sie gehn immä nuch mit! Ich hob gedocht, Sie lebn goä nimmä!« Die schwarzen Äuglein der alten Frau funkelten spöttisch in ihrem faltigen Gesicht, als sie antwortete: »Ja, wissn Sie, ich ko halt net sterbn! Des kummt doheä, dass ich a eckätä Seel hob – und mei Orschloch is rund!«

A andärsch Fleisch

»Jedn Sunntooch Rindfleisch und nix andärsch!« Jetzt, in der Zeit der BSE-Krise höre ich wieder den Seufzer meiner Mutter im Zweiten Weltkrieg: »Do spoät mä untä deä Wochn die Fleischmarkn auf, obä außä Rind- und manchmol a Kolbfleisch gibts nix beim Metzger! No, und so a Pfündla Kolbfleisch, des sichst ja fast nimmä in dä Pfanna, so schnorrts zamm! Wie gut weä doch amol so a schönä, fettä Schweinäbrotn!«

An dem hatten sich dagegen die Bauern fast »uräds« gegessen, weil sie ja immer nur Schweinefleisch hatten. Mehrmals im Jahr bekamen sie einen Schlachtschein ausgestellt für ein Tier aus ihrer eigenen Zucht – die andern mussten sie abliefern für die Wehrmacht. Nach dem Gewicht wurde dann amtlich festgestellt, wie lange das Fleisch für die Familie reichen musste. Es soll schon vorgekommen sein, dass ein Schwein zwei Köpfe hatte, dass also heimlich ein zweites mit geschlachtet wurde. (Obä wenn des rauskumma is, hots fei Gfängnis bädeut füä den Bauärn!) Die »Markenempfänger« in der Stadt waren schon heilfroh, wenn sie – selten genug – unter der Hand einen »Gögä« vom Mist bekamen, selbst wenn er noch so alt und zäh war: Es woä doch amol a andrä Gschmock!

Die Sehnsucht nach einem »andärn Fleisch« ließ Josef, den Wirt der »Würzburger Weinstube«, geradezu schöpferische Phantasie entfalten – und natürlich kam ihm der Zufall zu Hilfe: Wieder einmal wurde Bier für sein Lokal von der Klosterbräu angeliefert. Der »Ausfohrä« erzählte, dass seinem Schwager, dem Brauereibesitzer, gestern ein Feldhase direkt ins Lieferauto gelaufen sei. »No, eä hot na schnäll untä sein Sitz västecklt und etz is ä scho eigäleecht! Des gibt am Sunntooch a feins Essn!« Dem Josef lief das Wasser im Mund zusammen und er hatte auch gleich einen Plan, wie er an den Braten herankommen könnte, nachdem er ihn schon gerochen hatte.

Am Schillerplatz, im Haus des Handwerks, nur einen Katzensprung von seiner Weinstube entfernt, war damals ein Polizeiposten untergebracht. Der Josef stand mit den Beamten auf gutem Fuß – mä waaß ja net, wie mä die Potzgä amol braung ko! Wenn sie vorbeikamen, lud er sie zu einem Schoppen ein. So auch heute. Er entwickelte ihnen seinen Plan, und gleich waren sie einverstanden.

Kurz darauf erschienen in der Klosterbräu zwei Polizisten, die streng dienstlich auftraten: »Es ist eine Anzeige eingegangen, dass Sie sich widerrechtlich einen Feldhasen angeeignet haben!« Der Klosterbräu war sprachlos: »Wuheä wissn denn die des?« Dann fing er an zu erklären: »Eä is doch nei mei Auto gäloffn im Wold, do ko doch ich nex däfüä!« »Ja, aber dafür, dass Sie ihn nicht abgeliefert haben. Wir müssen ihn beschlagnahmen!« »Obä eä is doch scho eigäleecht!« »Das hilft alles nichts, Sie haben ihn sofort abzugeben und noch froh zu sein, dass Sie keine Strafe bekommen!« »Es handelt sich schließlich um Eigentum der Volksgemeinschaft«, sagte grimmig der zweite Beamte und hatte größte Mühe, sich das Lachen zu verbeißen.

Der Brauereibesitzer war viel zu verdattert, um zu fragen, wer denn die Volksgemeinschaft sei, die seinen Hasen essen würde, und schmunzelnd übergaben wenig später die zwei Polizisten dem Josef die notdürftig eingepackten Hasenteile. Er revanchierte sich sofort: »Om Sunntooch seid ihä obä fei zum Essn eigälodn!«

Weil sie doch so forsch aufgetreten waren, wurden die beiden anfangs sehr verlegen, als auch der Klosterbräu, seine Frau und der Schwager am Tisch beim Josef in der Weinstube saßen. Der servierte eigenhändig den exzellent zubereiteten

Hasenbraten, natürlich mit Blaukraut und Klöß und dazu gab es einen kräftigen Rotwein. No, donn hots natürlich net long gedauät: Alla hom übä den Straach vom Josef gälacht und mitänandä oogstoßn: »Auf a andärsch Fleisch!«

Früh übt sich, wer ein Weintrinker werden will: Kinder vor der »Würzburger Weinstube« um 1899.

Karpfn odä Hering?

»Rettl«, sagt mein Mann zu mir, »wennst fei die Gschicht, die wu mit Karpfn oofengt und mit Hering aufhört, nuch in dä Fastnzeit bringa willst, donn schreib sie halt endlich! Des is wichtichä als Stöbärn odä Fenstä putzen!« Ich frag mich verwundert: Ist das wirkliches Interesse für die Geschichte – oder nur die Abneigung gegen den vorösterlichen Großputz? Wer weiß.

Eigentlich geht es ja um einen – längst verstorbenen – Bamberger Großkaufmann mit dem Beinamen der »billige Jakob«, der schon vor 1930 eine Ladenkette – wie wir heute sagen würden – besaß, mit fünf großen Lebensmittelverkaufsstellen. Seine niedrigen Preise und sein derber Humor lockten die Kunden an, vor allem aus der Landbevölkerung. Fast täglich erschienen in der Zeitung seine originellen Anzeigen, zum Beispiel: »Und für Silvester – mein prima Nosnpöppeläspunsch – nur 99 Pfennig der Liter!«

Im Umland hatte der Jakob einen Karpfenweiher gepachtet und freute sich im Herbst immer schon auf das Abfischen und die fette Ausbeute. Als es wieder einmal so weit war und er mit seinen Helfern in der Früh ankam, steckte auf einem Pfahl am Weiherrand ein Schild: »Gut Morng, Herr Schwochä, gestern worn mä fett, heut sän mä mochä!« Ihm schwante nichts Gutes, und als man über den »Mönch«, einen viereckigen Kasten, das Wasser abgelassen hatte, da zappelten im Schlamm nur ein paar kleine, wirklich »magere« Karpfen. Der Jakob war wütend: »Von Dunnäkeil, weä tut miä so an Spott oo! Mei schöna fetta Karpfn!« Ruhiger werdend überlegte er: »Des ko doch bloß dä Döring gäwesn sei! Deä hot als aanzichä gäwisst, das ich heut obfischen will!« Der Döring, das war der Mann, der den benachbarten Karpfenteich gepachtet hatte. Aber der Jakob dachte nicht daran, ihn zur Rede zu stellen oder gar zu verklagen. Er rächte sich auf seine Weise: »No wart nä, dich krieg i!« Als der Nachbar nach einigen Tagen selbst abfischte, fand er auf dem Grund des Weihers nur ein paar kleine Fische vor, aber keine Karpfen, und dazu ein Schild mit der Aufschrift: »Gut Morng, Herr Döring, gestern worn mä Karpfn, heut sän mä Hering!«

Davon hatte der Jakob ja genug, in seinem Laden am Kaulberg stand immer ein Heringsfass – die waren damals das günstigste Essen. Er selber kam in seiner Ladenschürze aus der Tür und rief wie ein Ausschreier die Bauersleute an, die mit ihren Rucksäcken vorbeigingen, derb und grod oo, wie eä halt

Bis Anfang der neunziger Jahre fand der Fischmarkt am Kranen statt.

woä: »Geht rei, ihä Bauärnschwänz, kaft Heringsschwänz, so billich wie heut grächt ä sie nimmä!«

Im Laden war einmal eine Kundin, die immer wieder schnuppernd um das Heringsfass herumging. Sie gehörte zu die »bessän Leut« und sprach schließlich den Chef an: »Ich würde ja ganz gern ein paar von diesen Heringen kaufen, so ein preiswertes Essen jetzt in der Fastenzeit! Aber sie stinken so! Sind sie nicht schon recht alt?« Der Jakob musterte die Frau – sie hot orch vill Faltn ghobt und ihä Hoä woän aa gfärbt – und sagte dann: »Wos haaßt do old? Ich will diä ja net zä noh tretn, Maadla (so redete er grundsätzlich auch Damen der besten Gesellschaft an), obä, lech du dich amol nei so a Foss! Do stinkäst du bald nuch ärchä wie mei Hering!«

Deä klaa Ausreissä

Manchmal bringen einen Kinder in recht unangenehme Situationen: Viele Eltern können davon ein Lied singen. Heutzutage würde man vielleicht von originellen kindlichen Einfällen oder von kreativer Spontaneität reden – aber früher fühlte man sich schon ein bisschen blamiert. Erst wenn die Sprösslinge erwachsen sind und »gut eischloong«, lacht man darüber.

Der dreijährige Wolfi war in der Mitte der fünfziger Jahre zu Besuch bei den Großeltern in Bamberg. Die Oma nahm ihn mit zum Einkaufen, heimlich stolz auf das hübsche Bübchen mit den blonden Locken und den schwarzen Kirschaugen. Und so brav war er! Aber das sollte sich schlagartig ändern. Als sie mit der schweren Einkaufstasche in der einen Hand, den Enkel an der anderen, den Kaulberg herunterging, riss sich der Wolfi plötzlich los und rannte davon. »Halt, bleib stehn!« schrie sie laut, um den Verkehrslärm zu übertönen: Sie fürchtete, er könnte jeden Augenblick auf die Fahrbahn springen. In dem Städtchen, in dem er mit seinen Eltern lebte, gab es wenig Verkehr und auch keinen Gehsteig.

Doch der Wolfi hörte nicht auf sie und rannte noch schneller, mit der schweren Tasche hastete die Oma hinterher. Mitten im Laufen drehte sich der Enkel unversehens um und rief, als ob er sie anspornen wollte: »Alter Hund! Alter Hund!« Sie war entsetzt: »Wu hot ä denn solcha Wörtä heä? Välleicht ausm Kinnägartn?« Aber ihr Verantwortungsgefühl siegte: »Obocht, bleib doch endlich steh!« »Alter Hund«, gab er lachend zurück und lief weiter. Aber schon hatte es ihn erwischt: strecksdälängs fiel er aufs Pflaster und heulte wie ein Schlosshund. Die Großmutter half ihm auf und wischte ihn ab. Aber verkneifen konnte sie es sich doch nicht: »Sixtäs, so schnell geht's manchmol! Des is die Strof fürn ›altn Hund!‹« Trotzdem muss sie dieser »Ehrentitel« belustigt haben, sonst hätte sie nicht so gern davon erzählt.

An einem der nächsten Tage wollten die Eltern mit ihrem Sprössling in die Stadt zum Einkaufen. Das Wetter war trüb – es sah nach Regen aus. Vorsorglich gab ihnen die Oma einen großen schwarzen Schirm mit, so ein richtig altehrwürdiges Familiendach, und der Wolfi wollte ihn unbedingt tragen. Während die Eltern noch mit der Großmutter sprachen, spannte er schnell den Schirm auf und war schon davon. Der Vater sah in gerade noch um die Ecke biegen und versuchte, ihn einzuholen, bevor er den Kaulberg erreichte.

Aber der Wolfi wollte sich auch diesmal absolut nicht fangen lassen. Als er merkte, dass der Vater immer näher kam

Ausreißer mit Kirschaugen: dä klaa Wolfi

und der aufgespannte Schirm ihn behinderte, ließ er ihn sinken, aber nicht los und schleifte ihn einfach hinter sich her über Stock und Stein. Erst in der Hölle warf er ihn kurzerhand weg – da hatte ihn der Vater auch schon am Schlawiddla. Das Familienerbstück war geliefert: einige Stäbchen gebrochen, die Ösen abgesprungen und das Tuch in Fetzen; die Oma, entrüstet: »Etz hommä den Schirm so long ghobt, und du ruiniäst na so mutwillich! Des derf mä doch net, des is fei a Sünd!« Ihr Enkel zeigte nicht das geringste Schuldbewusstsein.

Er wollte doch bloß den »Fliegenden Robert« spielen, von dem sie ihm aus dem »Struwwelpeter« vorgelesen hatte. Und außerdem war er es überhaupt nicht gewohnt, dass sie ihn ausschimpfte. Trotzig stieß er hervor. »Wart nä, wenn i groß bin, brauch i dein Schirm nimmä! Und donn« – er überlegte sich eine furchtbare Drohung –, »donn kaaf i miä an Gaul, und deä muss dich fressen!«

Nuch immä a Ausreissä

Zu Anfang des nächsten Winters wurde der Wolfi endlich ein richtiger Bamberger: Die kleine Familie zog in das Haus der Großmutter. Am ersten Sonntag in der neuen Wohnung rieb die Mutter Kartoffeln für die Klöß. Der Wolfi hatte im Kinderzimmer seine große Spielkiste ausgeschüttet, darin entdeckte er eine alte Kinderbaskenmütze, die ihn auf eine Idee brachte. Als der Vater später nach ihm schauen wollte, war er nicht mehr da – weder in der Wohnung, noch im Keller, noch im oberen Stockwerk bei der Oma. »Eä wird doch net widdä ausgärissn sei«, jammerte sie, »eä kennt sich doch in Bamberch nuch goä net aus!« Der einzige Weg, der ihm geläufig war, war der zur Großtant Babett in der Laurenzistraße. Da es kein Telefon gab, eilte der Vater dorthin – umsonst!

Nach einer halben Stunde läutete es an der Haustür. Da stand die Nachbarin mit dem Wolfi an der Hand, der die staubige Baskenmütze verwegen aufgesetzt hatte, »Hom Sie den Klan allaa und ohna Mantl nei die Kerng gschickt?« fragte sie. »Wos, nei die Pfarrkerng is ä ausgärissn!« riefen die Eltern wie aus einem Mund. Die Oma zitierte sogleich gerührt die Bibelstelle vom zwölfjährigen Jesus im Tempel: »Wusstet ihr nicht, dass ich in dem sein muss, was meines Vaters ist?« »Trotzdem, Bübla«, sagte der leibliche Vater, »kost doch net einfoch fortgeh, do bist nuch vill zä klaa!« »Obä ihä geht doch am Sunndooch früh aa immä nei die Kerng«, sagte der Wolfi erstaunt und die Nachbarin erzählt: »Do hots bei dä Mess immä so o dä Kerngtüä gäbumbärt, als ob sie aanä net aufbrengt. A Moo hot nochgschaut und do is dä Wolfi reispazieät. Eä is zum Weihwassäkessl ganga, hot sei Händ tief neigätaucht und sich des Weihwassä übers ganza Gsicht gschmieät. Des Eisammln mitn Klinglbeutl hot na scho orch

Orgel in der Oberen Pfarre, um 1910

interessieät, und dass do jedä wos nei hot – und eä hot donn in seinä Hosntaschn gäwühlt. »Ja«, berichtet der Wolfi eifrig, »do woä a Knopf drinna, den hobi neigschmissn!«

Aber dann wurde es ihm in der Bank doch zu langweilig, er lief im Mittelgang herum und schaute sich die Leute an. Schließlich entdeckte er die Orgel und lauschte ihrem Spiel, wobei er inbrünstig Pöppl bohrte. In diesem Gottesdienst wurde eine Silberhochzeit gefeiert und deswegen trug zum Schluss eine Sängerin das gleiche Lied vor wie vor fünfundzwanzig Jahren bei der Trauung: »So nimm denn meine Hände ...« Da hielt's den Wolfi aber nicht mehr in der Kirche. Es war, als ob er Angst hätte, er wollte unbedingt hinaus. »Ja, warum denn?« fragte die Mutter. »Do woä do obn so a groß Gittä« – er meinte die Orgelempore – »und dähintä woä a olda Fraa eigsperrt, die hot so orch gschriea! Woä die so bös, dass sie die net rausgälossn hom?«

Jahre später – der Wolfi war schon in der dritten Klasse – gingen die Eltern mit ihm in der Fastenzeit in die Stadt, um einen Kommunionanzug zu kaufen. »Och Gott, is des klaana Zeuch teuä!« seufzte die Mutter. Trotzdem bekam der Bub einen schönen Anzug, der ihm gut stand, natürlich in dunkelblau! Anschließend ging man noch durch das Kaufhaus. Da entdeckte der Wolfi einen Tisch mit kleinen Flugzeugen, die man mit einem Gummi in die Luft schießen konnte. Er war nicht wegzubringen und wollte unbedingt eins haben. »So a Gälump! Des kummt goä net in Froch«, entschied der Vater. »Schau«, begütigte die Mutter, »etz homma grod den teuän Onzuch kaft und Schpillzeuch host doch zu Weihnachtn genuch griecht! Des brauchts wirklich net!« Der Wolfi stampfte mit dem Fuß und schrie zornig: »Donn will i liebä den Kommiononzuch net – obä den Fliechä will i!« Der Vater zerrte den Widerstrebenden zum Ausgang, doch der riss sich los und stürzte auf die Straße, mitten hinein in den Verkehr –

damals gab es ja noch keine Fußgängerzone in der Innenstadt. Dem Vater gelang es gerade noch, den Läusa an der Schulter zu fassen und zurückzuziehen: »Do werd gäbliebn!« Der Wolfi warf sich auf den Boden, schrie und wehrte sich mit Händen und Füßen. »Lassen Sie sofort den Buben los!« ertönte da eine barsche Stimme von hinten, die einem Potzgä gehörte. »Obä des is doch meinä«, entgegnete der Vater verdutzt.

Der Polizist wusste nicht recht, wem er glauben sollte, als eine Frau vorbeiging und respektvoll zum Papa »Grüß Gott, Herr Lehrer« sagte. Der Schutzmann lächelte schadenfroh und ohne eine Spur von urbaner Höflichkeit: »Saubä, saubä! No ja, bei uns dähamm aufm Lond hot mä frühä gsocht: Lehrers Kinnä und Pfarrers Küh gädeiha seltn odä nie!« Zum Glück hot ä net rächt ghobt!

A Kunstwerk?

»Hans haßt ä, drei Pfennich kost ä, beim Tietz griecht mä na!« Dieser Spruch, der um 1900 geprägt wurde, als der heutige Karstadt und frühere Hertie noch »Tietz« hieß, will zeigen, dass damals »Hans« der gebräuchlichste Name in Bamberg war. Dies ist aber schon lange nicht mehr so.

Der Hans unserer Geschichte ist ein echter Kaulberger, auch wenn er jetzt in »Wildwest« wohnt. Halt, des mögn die Leut do drom goä net höän und außädem wohnt zägoä dä OB in »Südwest«. Deä Kaplon vo dä Obä Pfarr secht deswegn immä ganz vorsichtich: »Urbaniter!«

Kinder beim Pavillon im Hain um 1890

»Fraa«, hot dä Hans zu seinä Anna gsocht, »miä gehn ja waaß Gott net oft nein Hain, obä etzät, wus välleicht scho Gögäla gibt, müss mä doch mol naus!« Und wirklich, sie blühen, lila und weiß, und dazwischen Scharbockskraut und Anemonen. »Obä ich maan, frühä worn sie nuch üppichä gstandn«, secht dä Hans a weng wehmühtich zu seinä Fraa. »Des bild mä sich immä ei, dass frühä alläs vill schönnä, größä und bessä woä«, is ihä Antwort. Er bückt sich und schaut sich so a Gögäla ganz gänau oo: »Des is ja a richtigs klaas Kunstwerk – und eichentlich haßts ja Lerchensporn!«

An diesem schönen Sonntag scheint halb Bamberg im Hain zu sein, zu Fuß, mit Fahrrädern und Hunden. Aus der »Liegewiese« auf dem Schild am Musikpavillon hat ein Spaßvogel »Liebewiese« gemacht. »Do däzu werds etz nochts nuch a weng zä kolt sei«, schmunzelt der Hans.

Plötzlich stehen sie im Luisenhain vor dem neuen »Kunstwerk«: vier große Betonplatten mit Schlitzen, durch Metallrohre verbunden. Der Hans ist ratlos: »Wos soll denn des bädeutn? Gäll, des is doch vo so am Künstlä aus der Villa Massimo – Kay Winkler odä so ähnlich!« Er höckt sich örscht mol auf den »künstlichen Stein« und beobachtet die Reaktionen der Leute.

Ein älterer Mann kommt mit einer ganzen Kinderschar. »Hei, Opa, wos isn des?« Der Großvater überlegt lange, kratzt sich hinterm Ohr und sagt schließlich: »Des waaß i fei aa net!« Die Enkel warten die Antwort gar nicht ab, schlüpfen hinein

Kinder und Kunst: eine spielerische Symbiose!

und heraus und spielen eine Mischung aus Fangäles und Versteckäles.

»No, do drübn bei dä andän Wiesn«, meint eine Frau, »is ja dä Staa mitn E.T.A. Hoffmann und sein Hund Berganza, do waaß mä wenigstns, wos des bädeutn soll.«

Zwei ältere, offensichtlich gebildete Damen promenieren vorbei und äußern sich mit sächsischem Akzent: »Eine Bereicherung für den Hain! Bei dem Neoklassizismus ringsum endlich ein moderner Touch!«

Jetzt naht ein Geschäftsmann mit Gattin, den der Hans nicht nur vom Sehen kennt. Der war schon in der Schule ein guter Rechner und hat's zu etwas gebracht. Er bleibt stehen, schätzt die Maße der gegossenen Betonplatten und kalkuliert: »Reine Herstellungskosten von dena Plattn välleicht 15 000 bis 16 000 Mark. Und wos werd des als »Kunstwerk« kostn? Sichä 100 000! Und om End kaft des die Stodt aa nuch!« »Ja obä die Idee musst örscht mol hom«, sagt seine Gattin zurechtweisend, »des is die Kunst!« »Höä mä auf! Frühä hom sich die Künstlä mit Hommä und Maaßl ploong gämüsst und hom net so vill dro vädient!« Richtig, denkt der Hans. Obä die Fraa waaß scho widdä wos dägeng: »Andra Zeitn, andra Werkstoff! Die välanga aa andra Mittl!«

Ein junges Pärchen geht vorbei und sagt wie aus einem Mund: »Gelungen!« Dann schlüpfen sie in den Pavillon und fallen sich in die Arme.

Der Hans hat noch immer kein Verständnis für die Großplastik und schüttelt nur stumm den Kopf. Seine Anna meint: »Do hört mä doch immä, bei deä moderna Kunst do muss mä sich selbä Gädankn machen, do griecht mä die Bedeutung net gleich auf an Tablett mitserviert. Odä, wie haßts immä: ›Man muss Träume haben!‹«

»Gäll, du maanst, des konni net«, sagt der Hans aufgebracht, »und wos i füä Träum hob!« Wild entschlossen stellt er sich sogleich neben den Pavillon – im Schauspielern war er ja schon immer gut – und fängt laut vor allen Spaziergängern an zu schwärmen: »Fantastisch! Wie sich die Wände nach oben öffnen: Weltaufgeschlossenheit! Und durch Schlitze ist die Kommunikation zu den Mitmenschen gegeben – und doch ist das alles verbunden durch die festen Metallröhren der Tradition! Umwerfend! Und diese Hölzchen, die jemand wie eine Spur vom ›künstlichen Stein‹ zum Pavillon gelegt hat – sollen sie gar eine zerbrechliche Verbindung von der Baukunst der Alten zur Provokation der Jungen bedeuten?«

Als der Hans mit seinem Auftritt angefangen hat, ist die Anna, die sich geniert, längst ein Stück weitergegangen. Die Passanten lauschen dem Hans noch nach, mit offenem Mund, aber stumm. Erst in sicherer Entfernung hört die Anna einen sagen: »So a Orschloch! Deä glabt aa, eä västeht wos vo modernä Kunst!«

IMMÄ WIDDÄ »BLUNZN«

Während einer Faschingsveranstaltung lese ich aus »Zwoggäla, Grischperla und Blunzn«. Die Stimmung ist recht vergnügt. Da kommt ein Mann auf mich zu und sagt schmunzelnd: »No, eichäntlich bini scho enttäuscht vo dä Rettl Motschenbacher! Ich hob sie etz ja bloß aus ihra Gschichtn gäkennt und hob sie miä ganz andersch vorgestellt ...« »Ja, wie denn?« »Halt so wie a ältära Fraa.« »Des stimmt doch aa«, unterbrech ich ihn. »Auf jedn Foll dickä, meä so wie a ...« »Blunzn«, helf ich ihm drauf und frag gleich weiter: »Gäll, Sie stenn auf Blunzn, wie die ›Europa‹?« »Net unbädingt, obä immä nuch ehrä als auf die Grischperla vo dem Avramides, die worn ja dünn wie Spargelstengl und so unscheinboä, dass mä sie glott übäsähng hot!« Ja ja, so geht's halt in der Welt: Selbst bei gleicher Qualität bleibt das Unaufdringliche weithin unbeachtet! Das kann den Botero-Plastiken nicht passieren – sicher entsprechen sie dem vielzitierten »barocken Lebensgefühl« der Bamberger viel mehr.

Figur von Joannis Avramidis vor dem Alten Rathaus 1999

Auch an einem Leseabend beim Wunderburger Familienkreis kommt das Gespräch auf Botero: Bläbt etz die »Europa« in Bamberg? Des Geld langt doch immä nuch net! Hobtäs im FT gälesn, etz fressn sie schon bal die Ratzn oo! Wos waaß mä denn, välleicht schmeckt sie denna! Obä a weng schweä vädaulich werd sie scho sei! Lässt denn deä Moo – gemeint ist Fernando Botero – net doch nuch a weng mit sich handln, wenn ä scho will, dass sei »Europa« in Bamberg bläbt? Deä OB will ja aa nuch auf »Sponsorensuche« geh! So geht's eine Weile lustig hin und her in Rede und Gegenrede. Da meldet sich eine ebenso nette wie stramme Wunderburgerin zu Wort: »Ich hob ja aa wos mit aanä Figur älebt, naa, net mit meinä eichna, ihä braucht goä net zä lachn!« Also, ich geh ahnungslos nei die Stodt (für echte Wunderburger wie für Kaulberger ist das noch immer nur die Innenstadt). Und grod o dem Dooch sän die Botero-Figurn aufgstellt worn. Vorm Café Graupner is die »Liechende mit Zigaredde« zä sähng. Sötta Massn! Ich bi ganz äschloong und geh immä widdä um sie rum, schau sie vo vorn und hintn, vo rechts und links oo und ko immä bloß soong: »So a Blunzn, so a Blunzn!« Weil die Ausstellung ein Ereignis ist, das weit über Bamberg hinaus Wellen schlägt, sind auch Reporter von außerhalb anwesend. Einer zückt seinen Block und geht auf unsere Wunderburgerin zu: »Was murmeln Sie

Die Blunzn, die uns bleibt, hat keine Zigaredde, sondern einen Apfel: Fernando Boteros »Liegende Frau mit Frucht« heißt sie.

da immer vor sich hin? Wie heißt dieses Wort?« »Blunzn!« »Blunzen, was ist das?« »No, machn Sie halt ihä Aang auf, so a dicka Fraa, wie sie do voä uns liecht!« Da geht ein Bamberger vorbei, mustert die Sprecherin von oben bis unten und sagt dann lachend: »Sie braung wos soong, Sie sän aa net grod väschnitzt!« Drauf schlagfertig die Wunderburgerin: »Obä iich leech mich aa net nackät nei die Long Stroß!«

Oogschmiert

Eine Zeit nach dem Ersten Weltkrieg ließen sich auch auf dem Kaulberg einige Mädchen und Frauen die langen Haare abschneiden, um nach der neuen Mode einen »Bubikopf« zu tragen und sich eine Dauerwelle legen zu lassen – das war damals eine umständliche und anstrengende Prozedur. Doch was tut man nicht alles für die Schönheit!

Mein Großvater, der Häcker Simon, gab dazu einen grimmigen Kommentar ab: »Sowos! Rausgeh sollätn dena die Hoä ganzägoä, dass sie a Glatzn hättn, des wär donn a schöna Frisur.« Anscheinend machte das auf seine vier Töchter so großen Eindruck, dass sie sich trotz aller Verlockungen ihre schönen langen Haare nicht abschneiden ließen, sondern bis an ihr Lebensende ein aufgestecktes »Nest« trugen.

Genau so verpönt war damals das Schminken. Stand es doch um 1900 sogar im Beichtspiegel als »lässliche« Sünde. Die wenigen Frauen, die sich oogschmiert hom, fielen auf und galten als »leichte« Frauen. Dass man den Kindern in dä Fosänocht die Backen und Lippen mit rotem Zichoriepapier färbte, war eine Ausnahme. Die Lippenstifte, so hieß es damals schon zur Abschreckung, sän aus Wanznblut gämacht!

Besonders lang hielt sich diese Abneigung bei den Häckern und Gärtnern. So begegnete dem Kaschpä einmal während des Zweiten Weltkriegs eine auffallend geschminkte Frau. Er konnte sich nicht zurückhalten und knurrte im Vorbeigehen abfällig: »Dreegsau!« Sie hatte es wohl gehört, blieb stehen und sagte zu ihm: »Seien Sie froh, dass wir in diesen schweren Zeiten noch frische Farben tragen!« Doch der Gärtner entgegnete derb: »Schmiä diä dei Lippn doch gleich mit Scheißdreeg oo!« Er war eben kein Kavalier.

Ganz allein stand er mit seiner Abneigung allerdings nicht: Während der Nazizeit galt schließlich die Devise: »Die deutsche Frau schminkt sich nicht!« Für die Masse der Volksgenossinnen war das schon mehr oder weniger maßgeblich, für die Frauen um Hitler und seine Parteibonzen natürlich nicht – im Gegenteil. Nach 1945 kam dann wieder ein neues weibliches Schönheitsideal auf, stark von Amerika beeinflusst, mit viel Make-up. Auch dem dreijährigen Matthias gefielen geschminkte Frauen. Eingehend betrachtete er sie und rief dann laut und bewundernd, auch auf der Straße: »Schau, Papa, wos die Fraa füä schöna rota Lippn hot!« Oder er erzählte der Großmutter: »Heut hommä in dä Stodt a Fraa mit goldäna Hoä gsähng«, womit er eine rotblonde Färbung meinte.

Aber der Höhepunkt war doch die Frau, die am Sonntag in ihrer Kirchenbank saß, wahrscheinlich a »Fremma«, vielleicht aus einer Großstadt. Bei ihr kam alles zusammen: Platinblond gefärbtes Haar, ein Puppengesicht in zartrosa Make-up, lange schwarz getuschte Wimpern, dazu ein auffallend geschminkter Mund. Matthias konnte die Augen nicht von ihr lassen. Er musste seine Bewunderung mitteilen und flüsterte, aber so laut, dass es die nächsten Bankreihen hörten: »Mama, schau, is des net a schöns Mensch?«

Anders der vierjährige Hannes. Zu dessen Mutter kam in der beginnenden Wirtschaftswunderzeit öfter eine Dame zum Kaffee, die Frau eines betuchten Fabrikanten. An einen rot geschminkten Mund war der Kleine ja schon gewöhnt, seine Mutter »lippte« sich auch manchmal ein bisschen. Aber diese Frau hatte rote Fingernägel! Entsetzt betrachtete er sie und kaum war der Besuch fort, überhäufte er die Mutter mit Fragen: »Worum hot denn die Fraa Erna so rota Fingänägl? Hot sie sie nei aanä Farb getaucht odä goä nei Blut? Is des denn schöö?« Die Mutter erklärte, dass es Mode sei, sich die Fingernägel zu lackieren und dass dies der Frau Erna eben gefalle.

In diesem Haus ist es passiert: die Gschicht mit den »blutigen« Fingernägeln.

»Und worum mechst du des net?« »Ja, schau, wenn mä im Haushalt ärbern und viel neis Wassä langa muss – waschn, spüln odä putzn –, donn ko mä des net. Donn splittert dä Lack ob und es sicht scheußlich aus! Die Fraa Erna hot a Köcha und a Putzfraa, die ko des machn.« Das sah der Hannes ein. Aber als der vornehme Besuch dann wieder einmal am Kaffeetisch saß, stellte er sich vor sie hin, deutete auf ihre roten Nägel und sagte vorwurfsvoll: »So. Ärberst also immä nuch nix!«

Chinesnsockn und a Holzbaa

Fast täglich findet man im Briefkasten Werbesendungen vor, und oft ist ein Gewinn oder Geschenk versprochen. Oft genug heißt es: Rubbeln Sie die markierte Fläche ab, darunter finden Sie Ihre Glücksnummer oder Ihr Geschenk! Einmal war sogar die Farbe der Strumpfhose abzurubbeln, die man gratis erhalten konnte. Aber natürlich ist damit meist eine Bestellung oder Verpflichtung gekoppelt. Und wu kummät mä denn hie, wenn mä des alles nehma wollät! Neulich konnt ich's nicht lassen, das Rubbeln – und dabei erinnerte ich mich an eine andere »Rubbelmethode«.

Wie schon öfter erzählt, hatte der Baptist aus dem Jura in eine Häckerfamilie eingeheiratet. Im ersten Ehewinter kam es zu folgendem Zwiegespräch: »Baptist, gib mol die wolläna Sockn heä zum Waschn!« »Naa, die hobi doch oo!« »Die host doch scho mindästns zehä Dooch oo, die braung wirklich des Waschn!« »Ka Schpuä – werst bei dera Kält die dickn Dingä waschn! Und wu sie so schlächt druckna! Die Saafn kostä spoän. Schau heä, des mecht mä so!« Er zog an Sockn aus (ich waaß scho, dass des auf hochdeutsch eigentlich »eine Socke« haaßn müsst) und rubbelte ihn kräftig über der Stuhllehne von links nach rechts, dass die Dreegbröckäla ner so wechgflogn sän. »Sixtäs, so geht des – und etz sän sie wie frisch!« Die Babett rümpfte die Nase und beschlagnahmte sofort den Socken, so dass der Baptist wohl oder übel auch den zweiten ausziehen musste. »Wu sän mä denn«, sagte seine Ehefrau energisch, »so Zeuch fanga mä goä net oo!«

Solche »Strumpfgschichtn« gibts nuch mehr: Mein Großvater Simon hatte ein Paar uralte Socken, die er bloß »nuch naus Feld« anzog, von denen er sich aber absolut nicht trennen konnte. Sie waren so arg und so scheckig gestopft und geflickt, dass vom Gestrickten und der ursprünglichen Farbe nichts mehr zu sehen war. Sie aber heimlich wegzuwerfen, war bei den Zornausbrüchen vom Simon nicht geraten. Und wenn er fragte: »Weä stopft mei Franzosensocken?« – warum die so hießen, ist nicht mehr herauszufinden –, hatten die drei älteren Töchter alle etwas anderes zu tun. Aber wie im Märchen war die jüngste Tochter, des Marrila, zugänglich für seine ach so seltenen freundlichen Bitten, dass sie bald mit Nadel und Faden in einer Ecke saß und die Franzosensocken nochmal kurierte.

Anders bei der Nachbära. Die hatte ihrem sechsjährigen Schorschä ein Paar lange, dicke, schwarze Wollstrümpfe gestrickt, die er mit Strapsen und kurzen (das heißt knielangen) Hosen den ganzen Winter trug. Als die Strümpfe bocksteif geworden waren, weil sie nie gewaschen wurden, bohrten sich die Zehen durch. »Und ob Ihäs glabt odä net, dä Schorschä hot vo seina Murrä Hieb gricht, wal ä sei Strümpf kaputt gämacht hot«, so erzählte zur späten Stunde der Simon am Wirtshaustisch im Kaiserwirtskeller.

Der Heiner hatte auch etwas zu bieten. »Mei Fra hot miä »Chinesnsockn« gestrickt! Die sän örscht heut fertich worn.

Wolltä sie mol sähng?« Alle Häckersfrauen strickten ihren Männern wollene Socken und sie beherrschten diese Kunst meist sehr gut. Aber dem Heiner seine liefen vorn schmal und spitz zu und machten seine ohnehin großen Füße noch länger. Das kam daher, dass die Kathl nicht »verloren« oder »im Band« abgenommen hatte, sondern stets außen. An der Fußspitze stand auch noch das Fadenende nach oben. Der Heiner – eä hot scho a poä Moßn ghobt – eierte auf den Fersen durch die Stubn und streckte die Fußspitzen nach oben, so dass alle seine Chinesensocken »bewundern« konnten. In diesem Moment geht die Tür auf, seine Frau kommt – es geht scho auf zwölfa –, um ihn zu holen. Mit einem Blick erfasst sie ihre Blamasch. Sie braucht goä nix zä soong: Dä Heiner waaß, wos

1896 erhielt die Brauerei Michelsberg bei der Weltausstellung eine goldene Medaille für ihr Bier. 1898 fotografierte Alois Erhardt die sichtlich stolzen Brauer, Pächter und Pfründner.

gschloong hot, zahlt sofort und geht ohne Widerred mit. Beinoh hätt ä vägessn, die Schuh oozäziehng.

Die anderen Häcker blinzeln sich zu: »In dem seinä Haut möchät ich etz net steckn!« »Sell ko miä heut net passiän«, schmunzelt der Hans, der als Flickschuster die Werktagsschuhe der Häcker richtet. Alle wissen, dass er daheim nicht viel zu melden hat, drum geht ä so gärn nein Wertshaus. Seine Frau hat seit einem Unfall nur noch ein Bein – aber Haare auf den Zähnen. Es ist auf dem Kaulberg bekannt, dass sie sich in ihr Holzbein einen Nagel geschlagen hat, an dem der Hausschlüssel hängt, und den kriegt ihr Mann am Abend nicht! »Obä heut hobi sie ausgschmiät«, lacht der Hans verschmitzt, »heut kumm i haam, wann iich mooch! Ihä Holzbaa hobi nämlich västecklt, dass sie mich net holn ko, und den Hausschlüssel hobi natürlich runtä und eigsteckt!«

Hemädläutä

»Hom sie ›domäs lomäs‹ gsunga, sän hemädläutrich um die Kerng rumgsprunga ...« Öfter zitierte meine Mutter diesen Knittelvers, der mir neulich wieder eingefallen ist. Es ist damit wohl eine Prozession gemeint und »domäs lomäs« eine Verballhornung von »te deum, laudamus«. Hemädläutrich bedeutet hier: im weißen Chorrock. Im normalen Bamberger Sprachgebrauch ist der Hemädläutä einer, der im bloßen Hemd herumläuft, im übertragenen Sinn also ein armer Mensch, der nicht viel mehr als ein Hemd besitzt, zugleich manchmal aber auch einer, der zwar mehr besitzt als ein Hemd, doch keine Ordnung hält, also ein Schlamper.

Da muss ich gleich noch von einem andern Hemädläutä erzählen, schon deswegen, weil diese Bezeichnung in Bamberg inzwischen fast ausgestorben ist: Den vier Häckerstöchtern – der Anna, der Liesl, der Rettl und der Marri – machte es immer wieder Spaß, ihrem Nachbarn, dem Witwer Kaschpä, beim Aufstehen zuzusehen. Sie konnten nämlich von ihrem Fenster aus in seine Schlafkammer schauen: Vorhänge gab es ja keine, ebenso wenig wie ein Nachthemd. Zuerst kamen seine hageren, haarigen Beine unter der Zudecke hervor und er schlüpfte in seine Schlappen. Dann zog er sofort über sei Hemäd – es war Tag und Nacht dasselbe – den blaua Schörzä oo. Und wenn es höchste Zeit zum Melken war, vergaß er oft die Hose und schlurfte hemädläutrich nein Stoll. Sein einziger Bub, der Schorsch (der allerdings schon dreißig war), durfte noch liegen bleiben, bis er die Milch austragen musste. Wenn die vier Schwestern dann zur Schulmesse gingen, sahen sie den Kaschpä in seiner Hofeinfahrt arbeiten: immer noch als Hemädläutä mitn blaua Schörzä.

Als der Vater starb, musste sich der Schorsch, der sich lange unentschlossen unter den Häcker- und Gärtnerstöchtern umgeschaut hatte, doch zum Heiraten entschließen. Er wählte ein Mädchen vom Land, das in Bamberg »in Dienst« war: Die Babett war viel jünger als er, auch größer, von guter Figur und üppigen Formen, die »reinst Bavaria«, sagten die Häcker mit einer Spur von Neid. In der »Concordia« wurde eine große, aufwendige Hochzeit gehalten.

Voller Stolz führte der Schorsch den Nachbar Simon ein paar Tage später nei sei Stubn, um ihm die Hochzeitsgeschenke und den neuen Schrank zu weisen. Der war aus Kirschbaumholz mit gedrechselten Leisten und hatte zwei schön geschliffene Glastüren. Dahinter standen, kunstvoll aufgebaut, Fußtassen und Sammeltassen mit viel Gold, Rosen und Vergissmeinnicht und den verschiedensten Aufschriften:

Erstkommunikanten 1943 an der Oberen Pfarre: Die Ministranten schritten in Chorröcken voran

»Zur Erinnerung«, »Dem Brautpaare« und »Zur Vermählung«. Der Simon musste das alles gebührend bewundern und der Schorsch sagte, ein wenig selbstgefällig: »Ja, waßt, Meina will alläs schöö und bsundärs hom – und ich aa!«

Nach einigen Jahren – es waren schon Kinder da – kam der Nachbar zufällig wieder einmal in die Stube vom Schorsch. No woä des a Untäschied! Es hot ausgsähng wie Kraut und Rubn. Om Glosschränkla woän die Scheibn neighaut, die Tassn hom ka Henkl meä ghobt und die Tellärändä worn obgstoßn und alläs woä kreuz und quer gälegn. Der Simon konnte es sich nicht verkneifen, scharf hinzusehen und zu bemerken: »Du, oo dein Glosschränkla fehln ja die Scheibn!« »Och«, hot do die Babett schnell gsocht, »des is doch so vill einfochä! Do kost einfoch neilanga und brauchst net aufzäsperrn!« »Ja so«, drauf der Simon anzüglich zum Schorsch: »Deina will ja alläs immä schöö und bsundärs hom – und du aa!«

Anrüchiges

»Also, ich weiß nicht, ob das so gut ist, wenn du Geschichten auf diesem Niveau bringst – da verprellst du sicher manche deiner Leser«, sagt meine germanistische Tochter, als ich ihr mein Vorhaben skizziere. »Obä ich hobs dem Moo doch väsprochn, dass ich sei Gschicht aufschreib, die wu eä dem ›Pseudonym Rettl Motschenbacher‹ gschickt hot. Und sei Schwiechävorrä Michl, der wu scho long gschtorm is, tät sich aa freua – hot ä gsocht.« »Na ja«, sagt die Tochter, »das musst du schließlich selber wissen – im Fasching mags ja noch hingehn!«

Also, nach dem Zweiten Weltkrieg hat der Michl in Bamberg Post ausgetragen. Er wurde in den verschiedensten Bezirken eingesetzt und lernte auf diesem Wege viele Bamberger kennen, wie er auch »stadtbekannt« im guten Sinn war. Wer die schlechten Zeiten zwischen Kriegsende und Währungsreform erlebt hat, weiß, wie wichtig damals Beziehungen waren. Und der Postbote Michl hatte solche zu den verschiedensten Geschäftsleuten, die er auch nutzte, um über die Hungerjahre hinwegzukommen – weä wollts na vädenkn! Aber er war ein sozialer Mensch und ließ seine Verbindungen auch für andere spielen, besorgte dies und jenes, vermittelte Tauschgeschäfte, kurz, er war eine wichtige und vertrauenswürdige Person. Solche Menschen – aktiv, hilfsbereit und mit Phantasie – waren es, die damals die Hoffnung auf bessere oder zumindest normale Zeiten wach hielten.

Auch am Kaulberg trug der Michl in diesen Jahren die Post aus. Da eröffnete ihm die Gretl, eine Häckersfrau, die ihn oft mit Gemüse und Kartoffeln versorgte, ein intimes Anliegen: »Postärä, heut nocht is mei Potschamber zäbrochn! Kost mä net in dä Stodt an neua bäsorng?« Bereitwillig sagte der Michl: »Nadürlich bäsorch ich diä a Potschamberla, kost dich drauf välossn!« »Es ko aa a blechernä, weiß emailliertä Nachttopf

Dieser Nachttopf aus cremefarbenen Steingut mit Innenhenkel (!) wurde bei einer Auktion vor zwanzig Jahren mit stolzen 200 Mark angesetzt.

sei!« »Däs is välleicht gscheitä, den kost net zammhaua!« Als er schon unter der Haustür war, rief sie ihm noch nach: »Obä bittschöö: Net zä klaa! Zwaamol saang muss fei neipassn!« Und es gelang Michl, einen passenden Potschamber zu beschaffen, genau richtig für die nächtlichen Bedürfnisse der Gretl.

Dass derartig mundartliche Ausdrücke nicht so ohne weiteres zu verstehen sind, musste auch eine junge Lehrerin erfahren. Sie war, aus Mittelfranken stammend, in Bamberg in einem klösterlichen Internat erzogen worden. Auch bei ihrer Lehrerausbildung hatte sie kaum die Möglichkeit, in die »Feinheiten« unseres Dialekts einzudringen. Sie wurde zunächst in einem Dorf des Umlandes in der dritten Klasse eingesetzt. Mitten in der Grammatikstunde schreit der Toni: »Ich muss saang!« Darauf die Lehrerin: »Du kannst mir doch nicht einfach ins Wort fallen! Melde dich zuerst, und dann sag, was du zu sagen hast!« Nach einer Weile ruft er verzweifelt wieder: »Ich muss saang!« »Nun, dann sags halt endlich!« Schweigen. Da kommt ihm sein Banknachbar zur Hilfe: »Brunzn muss eä halt, Fräun Lehrin!«

Nuch oorüchichä: Der Sohn einer Bambergerin, die jahrzehntelang ihren Eisenwagen durch die Straßen des Berggebiets geschoben hatte, war Anfang der dreißiger Jahre nach Amerika ausgewandert. Den ganzen Krieg über hörte sie nichts von ihm, erzählte aber oft und gern von ihrem Sohn, dem »reichen Amerikaner«. Endlich, einige Jahre nach der Währungsreform, besuchte er seine alte Mutter. Genau an einem Faschingssonntag läutete er Sturm bei einer benachbarten Flaschnerei. In einem Gemisch aus Deutsch und Englisch machte er dem Meister mühsam deutlich, dass sein Gebiss in den hölzernen Abort seiner Mutter – das Plumpsklo – gefallen war. Er hatte zu viel rohe Klöß und fetten Schweinenabel gegessen. Sein amerikanischer Magen war das nicht mehr gewohnt, und er hatte alles von sich gegeben, samt dem Gebiss. »Is des a Faschingsscherz?« fragte der Meister. »No, no«, stieß der Amerikaner verzweifelt hervor, »please, help me!« »Wolln Sie välleicht, dass ich om Sunndooch nei die Senkgrubn steich und Ihä Gäbiss such?« » Das mak ich myself, geben Sie mir nur a ladder und some utensils for fishing! In America man muss Gebiss ganz alleine bezahlen – und ich hab nicht mehr so viel money!« Da war's gleich aus mit der Legende vom reichen Amerikaner – aber einem Armen muss man ja helfen: »Nadürlich griechst a Läddä und a klaana Struutzschöpfn!«

»Do gibts fei nuch a Steicherung«, untäbricht mich die Josefin, als ich ihr des Gschichtla erzähl. »Des gleicha is dem Kunnä in aanä Wertschaft aufm Lond passiert. Der Wirt hot na a Leitä gebn und an oldn Milchseiha und dä Kunnä is mit aana Taschnlampn nei die Senkgrubn gstiegn und wollt sei Gäbiss suung. Obä eä is ewich long net raufkumma. Do hots dä Wirt mit dä Angst zä doo griecht und hot nuntägschriea: »Kunnä, wie hommäs denn? Gäll, du willst do drunt übänochtn? Hostes nuch net?« »Naa«, schreit deä rauf: »Fümf Stück hobi scho gfunna, obä kaans passt!«

So a Scheiss!

»Kunnä, wennst etz net bald die Senkgrubn ausleerst, donn mach i Krach und äzehls überoll«, sagte zornig die Babett zu ihäm Moo. »Du sixt doch, dass sie fast übälöft!« Der Kunnä mochte wollen oder nicht, widerwillig musste er es für den nächsten Tag versprechen. Die Frau Babett erzählte es erleichtert gleich ihrer Nachbarin über den Zaun. Und so kam es, dass die Neuigkeit, so geringfügig sie auch war, gleich auf dem Kaulberg herumging.

Als am Abend ein paar Häcker beim Kaiserwirt zusammen saßen, war es sofort klar: Das ist die Gelegenheit – nämlich, dem Kunnä aamol an Straach zä spilln. Hatte er sie nicht schon so oft vääpplt und droogriecht, vor allem die jüngeren? Sie erinnerten sich noch gut an das leergetrunkäna Bierfässla oder den stinkädn Keesköhl. Er, der »long Panzä«, der 24 Maß Bier vertragen konnte und mit dem es an Kraft und auch an Verstand kaum einer aufnehmen konnte, eä hot sie alla nein Sock gsteckt. Aber das wollten sie nicht wahrhaben. »Wos deä koo, könna miä aa,« sagte der Heinä, »etz wolln mä na mol an richtichn Dämpfä gebn!« »Obä an stinkädn, dass eä sichs merkt,« meinte der Schorsch – das lag ja schon in der Natur der Sache. Und so machten sie ihren Plan, sehr derb und sehr direkt, ohne eine Spur von dem Geist und Witz, die den Streichen vom Kunnä eigen war: Wenn er in der Senkgrube stand, sollte sich oben einer auf den Abtritt setzen und ihm ganz plötzlich auf sei »Bi-Aach« scheißen, auf sein zerlaufenes Auge, das er schon seit seiner Kindheit hatte. »Naa, ich koo des net machen«, wehrte sich der Heinä, »örschtns is ä mei Onkl, und zweitns gehts bei miä einfoch net so schnell!« Ach ja, das war ein wichtiger Gesichtspunkt, nach dem der »Täter« ausgesucht werden musste, und so fiel die Wahl auf den Schorschä.

Am nächsten Früh machte sich der Kunnä mit Struutzschöpfen und Schaufel an die Arbeit. In seinen ältesten Stiefeln und in denkbar schlechter Laune stand er in der Senkgrube im Garten, wo auch das Aborthäuschen stand. Zunächst schöpfte er die braune Flüssigkeit, die oben drauf schwamm, in das Struutzfaß. Die jungen Häcker hatten sich im Gebüsch versteckt, aus dem sie später mit Siegesgeschrei hervorbrechen wollten. Der Schorschä pirschte sich derweil an das Häuschen heran. Die Tür stand offen und er nahm – ganz leise, wie er meinte – den Abortdeckel herunter und setzte sich. Aber er hatte nicht mit dem siebten Sinn vom Kunnä gerechnet: Wie da über ihm ein blankes Hinterteil erschien, nahm er blitzschnell die Schaufel, fuhr damit tief hinein in die feste, stinkende Masse am Grund und pfefferte die Ladung mit aller Kraft auf den nackädn Orsch. Der Schorschä brüllte auf wie ein Stier und fiel vor Schmerz und Schrecken vornüber vom Abtritt. Voll böser Ahnung stürzten seine Genossen herbei und sahen die Bescherung: So a Scheiß! Er wollte sich zwar gleich mit dem geschnittenen Zeitungspapier, das an der Wand aufgespießt war, abputzen, aber die Masse war wie festzementiert. Erst als die Babett den Gartenschlauch nahm und den Schorschä mit kräftigem Strahl abspritzte, löste sich der Dreck allmählich. Aber die Laune vom Kunnä hatte sich schlagartig gebessert. »Manchmol kummt des Guta aa vo untn,« brummte er und pfiff bei der ungeliebten Arbeit sogar vergnügt vor sich hin.

Der Fachmann für Bade- und Klosetteinrichtungen schon damals: Flaschnermeister Fritz Müller

Feechfeuä?

Vor kurzem war ich bei einem Frühlingsfest im Pfarrheim von St. Gangolf, um einige Geschichten vorzulesen. Da lud die Leiterin die Anwesenden zum Besuch der Buger Kerwa ein, und zwar speziell zum Kaffeekränzchen der Senioren am Kerwesmontag. Und wer zufällig am Himmelfahrtstag nach Bug kommt, der sollte sich im Kirchlein die Figur des Auferstandenen mit der »g'schossten Ähre« in der Hand anschauen. Dieser Volksbrauch zu Christi Himmelfahrt war früher allgemein verbreitet, jetzt gibt es ihn nur mehr in Bug. Da fiel mir ein, dass die alten Kaulberger Häcker diesen Volksglauben so ausdrücken: Wenn unser Herr zum Himmel aufführt, muss er seinem Vater »a g'schossta Ährn« mitbringen, als Gruß und als Bitte, die Feldfrüchte auch weiterhin zu segnen und zu schützen. »Auf dä Buchä Kerwa worn miä mitn Seniornclub vorichs Joä aa, des woä fei orch schöö und so gämütlich«, erzählt dazu meine Tischnachbarin. »Und stelln Sie sich voä«, fährt die freundliche Frau fort, »bei dera Gelegenheit hot a Moo om Nebntisch die Gschicht äzehlt, wu bei uns däham passieät is! Do dro könna Sie sähng, dass sie ächt woä is. Wolln Sie sie höän?« Na, und ob ich wollte – dafür bin ich immer zu haben!

Sie, die Lena, kam vom Einkaufen heim, sperrte die Haustür auf und da schlug ihr Brandgeruch entgegen. Sie stürzte in ihre Wohnung, kontrollierte den Herd und sämtliche Geräte – alles war in schönster Ordnung. Dann stieg sie in den ersten Stock hinauf, wo die Tochter mit ihrem Mann und zwei Kindern wohnte. Es war niemand daheim, aber sie hatte ja den Schlüssel. Hier war der Brandgeruch beißend und viel stärker. Die Lena schaute in alle Räume und konnte nichts entdecken. Soeben kam der Schwiegersohn von der Arbeit heim: »Wie riechts denn do? Do muss doch wos brenna!«

»Des Gleicha hob i aa gädocht – obä ich find nix!« Der Franz war ein äußerst vorsichtiger Mann, der zudem in seiner Kindheit schlimme Erfahrungen mit Feuer gemacht hatte. »Es ko ja aa vo an västecktn Kabl heäkumma odä a Schwelbrond sei! Waßt wos, ich ruf amol bei dä Feuaweä oo, die hot meä Ahnung. Die sölln an Monn heäschicken, deä wu sich auskennt!«

»Tatü, tatü« ertönte es bald und schon bogen drei Feuerwehrautos in die Straße ein. Gleichzeitig stürzte die Tochter Liesl mit ihren beiden Mädchen ins Haus: »Um Gotts Willn! Wos will denn die Feuäweä bei uns? Wu brennts denn?« »Ja, des wissn mä aa net, obä es woä so a orchä Brondgäruch in eurä Wohnung«, setzte die Mutter an. »Des gibts doch net!«

Pferdegespann der Feuerwehr im Hof des Burgershofs am Heumarkt um 1910

schreit die Liesl auf und waaß net, ob sie lachn odä greina soll, »die Susi hot doch bloß ihän Sündzettl noch dä örschtn Beicht oogäzündt und feiälich im Aschnbechä väbrennt!«

»Ja und«, frag ich die Lena, »hom Sie den großn Feuäweä-Einsatz mit drei Auto bäzohln gämüsst?« »Zum Glück net! Mei Liesl is gleich naus die Stroß gärennt und hot denna Männä gsocht, dass des a Väsehng is: Es woä bloß dä Sündnzettl!« Die Gschicht hot anä vo die Feuäwehrä auf dä Buchä Kerwa oo seim Tisch däzehlt. Alla hom rächt gälacht, und eä hot gämaant: »Ja, mä sollts net glaabn, dass scho a poä fedäleichta Kinnäsündn so an Gstonk und so an Wirbl machen könna! Välleicht wors a klaans Feechfeuä?«

Zä vill Weihwassä

»Herr Pfarrä, es is scho widdä fast ka Weihwassä meä do, dä groß Behältä is so gut wie leä,« sagte der Messner Jockl zu seinem Pfarrer, der erst seit kurzem in dem schön gelegenen Juradorf im Amt war. »Himmel, das gibt's doch nicht! Jetzt hab ich erst am Karsamstag eine große Menge geweiht, mehr als sonst üblich. Aber der enorme Verbrauch dieser Gemeinde! Das geht doch nicht mit rechten Dingen zu!« An die nächste Sonntagspredigt fügte der Geistliche die Ermahnung, Weihwasser sinnvoll zu gebrauchen und nicht zu vergeuden – aber vergeblich! Es nimmt weiterhin rapid ab.

Da beschließt der Pfarrer, der Sache auf den Grund zu gehen und sich auf die Lauer zu legen. Abends, nach der Maiandacht, als nur noch einzelne Frauen in den Bänken knien, versteckt er sich in einer Nische hinter der Kirchentür. Da

Der Viechhändler Seppä im Sonntagsstaat

bemerkt er, dass die old Theres wartet, bis das Gotteshaus leer ist. Dann zieht sie eine emaillierte Küchenschüssel aus ihrer Einkaufstasche, die sie immer bei sich hat, taucht sie in den Weihwasserbehälter und trägt sie vorsichtig, um ja nichts zu verschütten, hinaus auf den Friedhof, der rund um die Kirche liegt. Den ganzen Inhalt schüttet sie auf ihr Familiengrab, dass es nur so platscht, und murmelt dazu etwas. Der Pfarrer kann sich gerade noch in sein Versteck zurückziehen, als die Theres schon zurückkommt, um die nächste Schüssel zu füllen. Und so geht es einige Male, bis sie alle Gräber ihrer Verwandten und Bekannten bedacht hat. Beim letzten Grab, ganz nahe an der Kirchenmauer, kann der Pfarrer auch verstehen, was sie raunt: »Sauft, arma Seeln, sauft! Dä Pfarrä wills zwoä net hobn, obä ich gäbs euch trotzdem! Ich loss euch doch net vädurschtn!«

Aus der selben Zeit – so um 1950 – und fast aus der gleichen Gegend stammt auch die Geschichte vom Seppä, dem Viechhändlä, einem mit allen Wassern gewaschenen Geschäftsmann. Mit seinem Sachs-Motorrad klapperte er selbst die entlegensten Ortschaften ab, wenn ein guter Handel winkte. Einmal, als er auf einem schmalen, staubigen Feldweg dahinratterte, wurde er von einem Gendarmen gestoppt. »Sie fahren hier widerrechtlich, der Weg ist für Motorfahrzeuge gesperrt, das kostet Sie fünf Mark!« Der Seppä zog seine Brieftasche und drückte dem Polizisten einen Schein in die Hand: »Do host zehä, ich bi den Wech nämlich scho öfta gfohrn!« Er lässt den verduzten Beamten stehen und knattert in einer Staubwolke lachend davon.

So guter Laune war der Seppä aber nicht immer, schon gar nicht an einem Tag wie diesem, an dem einfach kein Geschäft zu machen war. Beim ersten Anwesen, wo er eine Milchkuh kaufen wollte, hatte er selbst zur Mittagszeit niemanden getroffen. Das Kälbchen im Nachbardorf hatte ihm ein Metzger vor der Nase weggeschnappt. Und der Bauer Michl, im Handeln genau so gerissen wie er, ging partout nicht auf seinen Preis herunter, so dass er nach langem Feilschen wieder abziehen musste. Total enttäuscht kam er daheim an. »Obä etz brauch i an Schnaps!« Er ging ins Schlafzimmer, wo seine Kuni immer ein paar Flaschen Zwetschgäschnaps als Hausmittel für Magenverstimmungen stehen hatte. Der Seppä griff in die Nische zwischen Bett und Schrank, zog eine Flasche mit wasserheller Flüssigkeit heraus und nahm gierig einen großen Schluck. Aber dann! Hustend versuchte er, alles wieder herauszuspeien – zu spät! »Himmelherrgott!!! ...« In schrecklichen Flüchen entlud sich seine Wut. Die Kuni stürzte herbei: »Wos is denn passieät? Väsündich dich fei net!« Als sie die Flasche sieht, geht ihr ein Licht auf. Aber in ihrem frommen Gemüt regen sich sogleich Zweifel, ob dieser »inwendige Gebrauch« denn so heilsam sei: »Seppä, so orch host du dei ganz Lebn net gflucht wie etzät, wus du Weihwassä gätrunkn host!«

Das Händi

»Mit Händ und Füß« hat sich die Käthl gewehrt, als ihr die Kinder und Enkel zum 82. Geburtstag ein Handy schenkten. »Wos tu ich denn mit so am Zeuch? Miä hom doch a Telefon! Und ihä wisst doch, dass ich mit dä Technik auf Kriegsfuß steh!« »Obä geistich bist doch nuch voll do«, entgegnete Karl, ihr ältester Sohn, »und miä hom die Nummera vo deina vieä Kinnä und vo die zehä Enkl nochänandä eigspeichät! Do brauchst doch bloß aufn Knopf zä drückn, des is kinnäleicht! Und wennst spazieän gehst, kost es mitnehma und kost dich mit uns untähaltn.«

»Och, des hot ja goä ka Schnuä«, sagte die Käthl und war schon nicht mehr so ganz abgeneigt. »Des is scho a oldä Witz, dass deä Noma ›Händi‹ ausm Schwäbischn stammt«, erklärte ihre Tochter, nämlich: »Hän die ka Schnur?« soll a Schwob gsocht hom, wie eä des örschta Exemplar gsähng hot. Obä die Schwäbele hörns goä net so gärn, wenn mä sie deswegn lächerlich mächt!« Im benachbarten Baden, wo diese Tochter wohnt, zitiert man dennoch spöttisch: »Über Baden lacht die Sonne – über Schwaben lacht die Welt!«

Daran muss die Käthl denken, als sie vom Kaulberg, wo sie bei ihrer jüngsten Tochter wohnt, mit einer Tüte voll altem Weißbrot in den Hain geht, um Enten zu füttern. Das Handy hat sie mitgenommen, um es heimlich auszuprobieren. Sie lässt sich auf einer Bank am Wasser nieder. Ringsum blüht goldgelb der Hahnenfuß. »In meinä Kindheit hom die ›Schmolzbluma‹ ghaaßn, wal sie wie Buttäschmolz glänzn. Des Wiesenschaumkraut worn die ›Fleischbluma‹ und dä Löwnzohn die ›Kuhbluma‹, wechä dä Milch, die wu ausm Stengl kummt«, sinniert die Käthl. »Is des a Zufoll, dass in Bamberch zägoä die Bluma wos mit Essn und Trinkn zä doo hom?«

Herrenausflug an der Buger Spitze um 1890, noch ohne Handy

Aber sie will ja das Handy ausprobieren. Sie drückt einmal, das ist der älteste Sohn. Während sie wartet, fällt ihr ein, dass der Karl heuer ja schon sechzig wird. »Och Gott, hob ich olda Kinnä«, seufzt sie laut, so dass die Vorbeigehenden sie fast mitleidig anschauen. An ihr eigenes Alter denkt sie überhaupt nicht. Aber der Karl hört nicht, und so versucht sie es bei ihrem zweiten Sohn, der in der Schweiz wohnt.

Aber auch dieser Sohn meldet sich nicht. Jetzt versucht sie es bei ihrer jüngsten Enkelin, die in Berlin lebt und arbeitet. Wie oft hat sie die Großmutter schon eingeladen, sie zu besuchen. »Obä do brenga mich olda Fraa ka zehä Gäul noo!« denkt die Käthl laut. Dabei fällt ihr der Schlager ein, nach dem sie in ihrer Jugend so flott getanzt hat: »Du bist verrückt, mein Kind, du gehst nach Berlin, wo die Verrückten sind, da gehörste hin!« Nein, verrückt ist die Enkelin bestimmt nicht, sie ist ein kluges Mädchen. »Wo man die Bamberger überall brauchen kann«, geht es ihr durch den Kopf, und sie ist direkt ein bisschen stolz. »Des Maadla hot doch aa a Handy und höät trotzdem net! Do is scheint's der Wurm drinna«, brummt die Käthl und probiert der Reihe nach, alle Verwandten zu erreichen – nichts und nochmal nichts! Die Lust zum Entenfüttern ist ihr längst vergangen. Fuchtig schüttet sie das ganze Weißbrot in die Regnitz und geht heim, so schnell sie kann. »Wos hot dä Karl oo mein Gäburtsdooch gsocht?« fragt sie sich bitter. »Dooch und Nocht kost uns oorufn, miä sän immä füä dich doo! Ja, Pfeifädeckl!«

Aufgeregt beschwert sie sich daheim bei der Tochter: »Do hobtä miä a schös Gälump gschenkt! Do pfeuf i doch drauf, auf so a Händi, wu net geht! Ka aanzicha Väbindung is zästond kumma, ja, net amol gäläut hots!« Und wütend schmeißt sie das Ding auf den Wohnzimmertisch. Die Tochter nimmt es in die Hand und sagt lachend: »Ja, Muttä, wenn du die Fernbädienung vom Fernsehä mitnimmst!«

Sovill Sündn

Während des Heinrichsfestes traf ich die Monika, die lange Jahre in der Pfarrei St. Otto daheim war, nun aber schon seit geraumer Zeit ganz nah bei der Oberen Pfarre wohnt. »No, host dein Zeitscheck scho obgebn?« frag ich sie. Zuerst schaut sie mich verständnislos an. »Do soll mä doch draufschreibn, wievill Stundn im Monat mä ehrnamtlich für die Kerng ärbern!« »Och so! Ja, do hätt ich an Haufn aufzäweisn – obä des is wohrscheinlich längst väfalln, wals scho in die sechzigä Johrn woä. Und außadem zehln die niedrichn Dienste wie des Kerngputzn vo die Frauen wohrscheinlich goä net! Wenn ich diä äzehl, wos miä do alläs älebt hom!« Wir setzen uns mit einer Tasse Kaffee in den Hof der Dompropstei – und hier ist ihre Geschichte.

Vor Weihnachten, Ostern und Pfingsten war in St. Otto der Kirchenputz fällig. Pünktlich um ein Uhr Mittag erschienen zwanzig Frauen aus der Gärtnerpfarrei mit Schürzen und Kopftüchern – alles freiwillige und kostenlose Helferinnen, dazu der Messner Hans und Schorsch, der Wasserträger. Eä hot scho an Kessel Wassä haaß gämacht und schlaaft unämüdlich die Aamä zu die Frauen, wu sich mit ihra Schrubbä in dä Kerng vätaalt hom und eifrich putzn. Nach zwei Stunden sticht sein Herz beängstigend, er fühlt sich elend und der Puls geht schwach. So legt er sich auf eine Kirchbank. Die Frauen kommen voll Mitleid herbeigelaufen: »Wos host denn? Wos könna miä diä denn Guts doo?« Wie sich so viele Frauen besorgt über ihn beugen, steigt sein Blutdruck augenblicklich, und schon geht es dem Schorsch besser.

Als die Monika das erste Mal beim Kirchenputz dabei war, ist sie fast zu Tode erschrocken. Da balancierte doch der Messner Hans mit gegrätschten Beinen auf zwei Kirchenbänken, da, wo sonst die Gebetbücher liegen. Mit einem acht Meter

So hätte die Ottokirche aussehen können: Situationszeichnung eines nicht verwirklichten Plans

langen Besen streifte er über die Wände. »Um Gotts Willn, wos machst du denn do drobn? A Zirkusakrobat is nix dagäng!« Er lachte: »Sixtäs net? Ich putz dem Petrus die Nosn!«

Und auf so gefährliche Weise staubte er auch die anderen Apostel ab. Die Monika war ganz überwältigt: »Hans, wennst du mol voä dä Himmlstüä stehst, holt dich der heilich Petrus ganz schnell nei und stellt dir die andän Apostl voä. Bästimmt hots scho vill Leut gebn, wu die Apostl abgstaabt hom, obä dem Petrus die Nosn gäputzt, des host bloß du!«

Jetzt kommt die Gretl mit einem schmalen, wackligen Tisch an und will hinaufsteigen, um das Ewige Licht zu putzen. Die Tant Babett – sie ist zwar nur die Tante vom Messner, aber alle nennen sie so – schreit: »Du werst doch net do nauf geh! Des Tischla is doch vill zä schwoch füa dei Gäwicht! Entwedä es kracht zamm odä du rutscht aus! Tot könnäst sei!« Trotz ihrer Fülle ist die Gretl hinaufgeklettert und fängt an, das Messing zu putzen und zu polieren. Stolz wie die Bavaria steht sie droben und schmettert zur Tant Babett hinunter: »Wenn iich runtäfliech, brauchst doch du dich net aufzäregn! Donn griecht halt mei Oldä a Zweita! Is des nix?«

Kurz darauf läutete die Messglocke, das Zeichen für die Brotzeit. Die fleißigen Frauen, die nicht nur den Boden schrubbten, sondern auch die Kniebänke mit der Fegbürste bearbeiteten, ließen alles liegen und stehen und eilten in die Sakristei: Sunst werd dä Lebäkäs kolt!

Der Schorsch ging herum und fragte: »Weä trinkt a Bieä?« Alle nahmen erfreut a Krügla, mit Ausnahme der Tant Babett. Die sagte pikiert: »Dei Gsöff kost bähaltn, do weri bloß müd drauf! Und füa mein Moong is des aa nix!« Aber die voraus schauende Leni hatte schon einen schwarzen Tee aufgebrüht, weil sie wusste, dass den die Tant Babett gern trinkt, mit einem tüchtigen Schuss Rum und sechs Stück Zucker. Sie kann ihn dann auch gar nicht genug loben und wundert sich, warum nicht alle Tee trinken. »Frauen und Bieä om hellichten Dooch, dass ihä euch net schämt!«

Aber bei einem späteren Kirchenputz schlug die Stunde der Wahrheit. Die Leni hatte der Tant Babett schon ihren »geliebten« Tee eingeschenkt – aber, wo ist der Rum? Nervös sucht die Leni in ihrer Tasche: nichts! Sie hatte ihn daheim stehen lassen. »No, so wos, kan Rum!« Die Babett kann's nicht fassen. Voller Wut kippt sie den Tee in den Ausguss und schreit: »Maant bloß net, dass ich Wassä sauf! Des nimi höchstns zän Putzn! Heä mit an Bieä!«

Früh übt sich, wer ein Ehrenamt ausfüllen will…

Die kitzligste und aufwendigste Arbeit war natürlich das Putzen der vielen kleinen Glasscheiben an den Windfang-

türen. Kaum geputzt, waren sie von den Fingerabdrücken der Kirchenbesucher schnell wieder »oogädatzt«. »Deä Architekt muss sie ja net putzn, schöö aussähng dun sie ja scho, obä bloß, wenn sie saubä sän!« Die Hauptarbeit übernahm die Klara, und weil es damals noch kein Sprühmittel gab, arbeitete sie mit Wasser, Vim und Ajax, rieb, fummelte und polierte, aber die »Straafä« wollten nicht verschwinden. Ganz erschöpft rief sie dem Pfarrer zu, der gerade die Kirche durchquerte: »Also, Hä Pfaarä, wenn ich om Samsdooch beicht, braung Sie miä fei ka Buß aufzägebn! 544 Glosscheibn säns! Sovill Sündn breng i in mein ganz Lebn nimmä zamm, wie ich do obärbän muß!«

B'REITS GSCHENKT

Mein Großvater, der Häcker Simon, war ein äußerst sparsamer Mann – um keinen anderen Ausdruck zu gebrauchen. Aber er war es gewissermaßen notgedrungen, denn Bargeld war bei den meisten Häckern um die Zeit der Jahrhundertwende sehr rar. Um sich über Wasser zu halten in Zeiten, in denen es kaum Einnahmen gab, arbeiteten sie auf den Feldern der Brauereien, in deren Hopfengärten, oder im Winter an den Eisgerüsten. Der Taglohn betrug, wohlgemerkt für zwölf Arbeitsstunden, zwei Mark.

»Arm müsstä ausdoo«, pflegte der Simon seinen Kindern immer wieder einzuschärfen. Obwohl sie folgsam und fleißig waren und gute Zeugnisse hatten, war er ihnen gegenüber auch im Lob sehr sparsam. Leuten, die ihren eigenen Nachwuchs herausstrichen und rühmten, misstraute er. »Mei

Zur Erinnerung an meine erste heilige Communion
Vertrau' auf Gott so wird dir's wohl-ergehn.

Kinnä lob net iich, die lobn scho die andärn Leut«, war seine Red.

Seine jüngste Tochter hatte die Pflicht, die Sonntagsschuhe des Vaters zu putzen. Während des Marrila sie für die Kerwa mit Schuhwichs und Spucke auf Hochglanz polierte, sang sie vor sich hin: »Heut is Kerwa, morng is Kerwa und die ganze Wochn, / wenn dä liebä Sunndooch kummt, hommä nix zä kochn! / Kocht mei Murrä an Zwetschgäbrei, sappt dä Vorrä mitn Stiefl nei!« Na, jetzt konnte sie sich fast in den Schuhen spiegeln – und wenig später erzählte sie freudestrahlend ihren Geschwistern: »Heut hobi dem Vorrä sei Schuh so schöö gäwichst, dass eä miä b'reits an Pfennich geschenkt hätt!« Aber nur »b'reits«, also beinah!

Ihm war ja auch nichts geschenkt worden, seit sein Vater so plötzlich gestorben war, der Simon war damals erst zwölf.

Jubel-Kommunion am Kaulberg in den sechziger Jahren

Vielleicht auch deshalb sein späterer Erfindungsreichtum in Bezug auf Geschenke. Einem älteren Nachbarn, der eine schöne Pension bezog, trug er jeden Herbst aus Gefälligkeit die Winterkartoffeln in den Keller. Er wusste aus den vergangenen Jahren, dass der sparsame Beamte ihn an Stelle eines Trinkgelds mit einem Stumpen der billigsten Sorte, Marke »Stinkadores«, abspeiste. »Och, ich raach nimmä«, log er darum ganz unbefangen, »gebn Sie mirs liebä in Geld!« Na, die zweieinhalb Pfennige, die der Stumpen im Laden kostete, konnte der Nachbar doch nicht gut geben, und so musste er mit saurer Miene fünf Pfennig herausrücken. Später, als seine vier Töchter dann schon erwachsen waren und selber Geld verdienten, beratschlagten sie einmal, was sie ihrer Mutter zum Geburtstag schenken könnten. In schöner »Uneigennützigkeit« schlug der Simon vor: »Kaft eurä Muttä an schöna neua Bierkruch und a Kistla mit guta Zigarrn!«

»Naus Feld« ging er ja nur in den ältesten, geflickten Kleidern – aber am Sonntag kannte man ihn kaum wieder, direkt elegant trat er auf. Groß und gut gewachsen, kaufte er die besten Stoffe für seine Anzüge, schonte sie aber sehr und trug sie lange. Grundsätzlich ging er dazu nur in jüdische Geschäfte, weil es hier beste Qualität zu günstigen Preisen gab. Aber es hatte noch einen anderen Grund ... So suchte er auch diesmal die Tuchhandlung von Lazarus Silbermann am Grünen Markt auf und ließ sich die Stoffe zeigen, die er aufmerksam befühlte. »Wos, 22 Mark soll dä Metä kostn? Ich zohl die Hälft, donn host immä nuch a Geschäft gämacht!« Der Händler schrie gequält auf: »Wollt Ihr mich ruinieren? Diese Qualität kriegt Ihr in Bamberg um den Geld nirgends!« Das würde ein langer und harter Handel werden, den der Tuchhändler in gewisser Weise ebenso genoss wie der Häcker. Zunächst ging er um eine Mark herunter, dann gab der Simon eine dazu – so ging das Spiel hin und her. Dreimal hatte er die

Türklinke schon in der Hand: Der Geschäftsmann holte ihn jedes Mal händeringend wieder zurück. »Ihä vädient Euä Geld leicht«, schnaubte der Häcker, »miä hot mä gestän füa an ganzn Zentnä schöna Zwetschgä bloß a anziche Mark gebn! Do konni den Baam doch gleich umhaua und des Obleern sporn!« wütete der Simon und ging diesmal wirklich hinaus. Aber dann überlegte er für sich: Der Stoff war wirklich gut, nicht zu teuer und anderswo dafür kaum zu haben. Also kehrte er um, Silbermann sagte erleichtert: »Weil Ihr es seid und fast g'schenkt«, und dann trafen sie sich in der Mitte. Bei einem guten Schneider am Kaulberg ließ der Simon sich dann einen Anzug mit Weste anmessen, wohlwissend, dass er vom Macherlohn gar nichts herunterhandeln konnte.

Eines Tages bat die dreizehnjährige Meta den Onkel Simon, doch ihr Firmpate zu werden. »Herrschaft, des kost Geld!« war sein erster Gedanke. Aber – eine Patenschaft ausschlagen bringt keinen Segen, sagte man damals am Kaulberg. Wenn er schon Geld ausgeben musste, wollte er wenigstens seinen Spaß haben. Als ihn die Meta am Firmtag festlich gekleidet abholte – wie es sich für ein Patenkind gehörte – war sie schon gespannt auf das Geschenk, eine Uhr wagte sie kaum zu erhoffen. »No, ich woä drunt dä Stodt und hob diä wos Schös kaft«, sagte der Onkel Simon schmunzelnd. Erwartungsvoll schaute sie ihn an – da präsentierte er ihr einen alten Schirm. »Den kost doch sichä braung!«

Kein Wort brachte die Meta heraus, ihre Augen füllten sich mit Tränen. »No, wos is denn? Gäll, deä gfällt diä net?« Sie nickte verzweifelt. Das konnte die Tant Kuni nicht länger mit ansehen: »Etz is obä gänuch, Simon! So gib ihä doch endlich die Uhr!«

Scho aufgeklärt?

»Seid ihä scho aufgeklärt?« fragten wir in der Nachkriegszeit ganz harmlos jedesmal die Neulinge, die in unsere Gruppenstunde kamen. Wenn sie dann verlegen herumstotterten, war es Zeit für das Stegreifspiel »Die Aufklärung«. Die Gruppenleiterin musste sich mit Kopftuch und Schürze als Großmutter auf einen Stuhl in der Mitte setzen. Da kam die Enkelin hereingestürzt und verkündete, dass sie heute Geburtstag hätte. »Och wos net goä, mei Maadäla, und wie old werst denn?« »Ich bi heut väzehä – und do möcht ich, dass du mich aufklärst!«

Die Großmutter fiel beinahe vom Stuhl vor Entsetzen: »Wos? Mit väzehä willst du scho aufgeklärt wern! Ich wors mit zwanzich nuch net! Sowos mach ich net, do tät ich mich ja väsündichn! Und worum frägst denn net die Eltän?« »Och die! Immä, wenn ich die Mamma bettl, secht sie, sie hot ka Zeit, und dä

Vorrä schend bloß! Obä du bist doch mei alläliebste Oma, gäll, du klärst mi auf!« Die Großmutter antwortet ausweichend: »Naa, heut ganz bästimmt net, välleicht nächsts Johä um die Zeit!« Mit vielen Einfällen und beachtlichem Talent erfand sie immer neue Ausflüchte, die Enkelin suchte sie temperamentvoll mit Bitten, Schmeicheleien und sogar Tränen umzustimmen – umsonst.

So steigerte sich die Spannung von Geburtstag zu Geburtstag, bis am siebzehnten endlich die Großmutter nicht mehr anders konnte: »Do schau heä, wie ich zittä, so schweä fällt miä des! Und väsprich, dass d' mä nochheä net bös bist!« Die Enkelin setzte sich auf ihre Knie, die Oma fasste ihre Hand und sagte mit einer schicksalsschweren Stimme: »Maadla – es gibt fei ka Christkindla!«

Diese »Zurückhaltung« war zwar stark übertrieben, aber dennoch typisch bis weit in die fünfziger Jahre. Manche Frauen erzählen noch heute: »Ich hob domols gädocht, mä griecht a Kind, wenn mä bloß vo am Moo gäküsst wird!«

Junge Mütter in spe um 1937 in der Sutte.

Longsom is zwoä bessä worn mit dä Aufklärung – obä aa net vill: Bei einem Elternabend der Ober-Pfarr-Ministranten in der Mitte der Sechziger gab es ein Quiz. Das war damals etwas Neues und hochmodern. Der Kaplan stellte den Quizmaster dar, und die Fragen waren nach Altersgruppen gestaffelt. Für die Jüngsten lautete eine Frage: »Welche Lebewesen musste Noah nicht mit in die Arche nehmen?« Die richtige Antwort war eigentlich naheliegend: die Fische. Aber die Zehnjährigen schauten sich ziemlich ratlos an. Da meldete sich Clemens, der bis dahin die meisten Punkte für die Gruppe geholt hatte, und sagte überzeugt: »Die männlichen!« Der Kaplan zog fragend die Brauen hoch. Clemens: »Die sän doch übäflüssich! Auf die Frauen kummts oo, wal die die Kinnä grieng!« Im Saal Schmunzeln, Meckern und Gelächter, selbst seine »Ministrantenkollegen« grinsten. Der Clemens wurde feuerrot, aber er verstand die Welt nicht mehr! Was hatte er denn Falsches gesagt?

Dann wurden die Erwachsenen durch die Zeitschriftenserien von Oswald Kolle allmählich »rundum« aufgeklärt, und in den siebziger Jahren gab es von der dritten Klasse der Grundschule an sogar Sexualunterricht. Der Rudi brannte förmlich darauf, sein frisch erworbenes Wissen weiterzugeben, als er am Nachmittag mit einem jüngeren Nachbarsbuben spielte. »Geo, willst wissen, wuheä die klan Kinnä kumma?« Der Kleine nickte eifrig. »Also – der Storch bringt sie net! Däzu brauchts a Ei, des is vo dä Muttä, donn muss ›der Samen‹ vom Vorrä däzu kumma – wie des geht, hot dä Lehrä net gsocht. Und donn werd a Kind draus, a Baby halt, wie mei klaana Schwestä!«

Der Geo sagt nicht viel dazu, aber es beschäftigt ihn doch schwer. Kurz darauf geht er heim, und schon unter der Tür fragt er seine Mutter: »Soch, Mamma, legst du aa Eiä wie dem Rudi sei Muttä?«

Wie a Wundä!

Mein Sohn hat mir das Buch mit den »Eisenbahngeschichten« von Scholem Alejchem geschenkt, das in Jiddisch »aisnbangeschichteß« heißt. Es schildert treffend die Stimmung in den Abteilen der dritten Klasse und gibt die erstaunlichen Geschichten wieder, die die Mitreisenden erzählen – lustige und traurige, aber immer witzig und pointiert. Und »Maseltow«! Ich habe Glück, dass mir gerade jetzt ein Bekannter so eine Eisenbahngeschichte erzählt, und zwar aus einem »Zügla«, das nur noch eine Legende ist: des Schäätzä Boggäla!

Der Walter musste als Pendler vor dreißig Jahren täglich zweimal die Strecke Bamberg–Scheßlitz fahren. Lebhaft erinnert er sich noch heute an die Geschichte einer Bäuerin aus einem Jura-Dorf. Sie war mit ihren Nachbarinnen gerade vom Abschluss des Hochfestes der Oberen Pfarre gekommen und alle drei ließen sich in einem Abteil nieder. Die Frauen waren feiertäglich angezogen, mit dem unvermeidlichen Hondtäschla am Arm und noch ganz begeistert. »So schöö woäs widdä in dä Obän Pfarr! Und wie das Gnadenbild geschmückt woä und die ganz Kerng mit lautä Gladioln! Mä is sich fast wie im Himml voäkumma!« sagte die Rosa. Die Lies drauf: »Ich woä gleich in drei Betstundn hintäränanda – mä hot ja so vill Sorgn und Ooliegn!« »Ja, obä a ganza Wal host gschlofn, ich hobs ganz deutlich gsähng«, entrüstet sich die hagere Dritte. »Noja, es woä halt so worm in dä Kerng vo die villn Leut und die villn Kerzn und müd wor i aa. Die Muttägottes wird mä scho net bös sei deswechä!«

Und donn, om Schluss hot dä Organist ganz zoät a Melodie vorgschpillt. Und do hot a Moo nebä miä gärührt gsocht: »Und etz singa sie nuch des Ringerlied!« »Naa«, is miä rausgfohrn, »des höät mä doch, dass des ›Segne du, Maria‹ is!« »No freili«, woä sei Antwort, »do haßts doch bei dä drittn Stroph:

›Segne du, Maria, jeden der da ringt…‹. Und deswechä is des bei uns des Ringerlied!«

»Schöö wors fei aa in Aldödding«, fängt da die Rosa unvermittelt an, »do woä ich amol mit mein Seppä, gleich nochn Kriech in dä schlächtn Zeit!« Sie hatte versprochen, eine Wallfahrt nach Altötting zu machen, wenn ihr Mann gesund aus dem Krieg zurückkäme. Noch vor der Währungsreform – den Hof und die Kinder versorgten so lange die Großeltern – machte sich das Ehepaar gleich nach der Schnitternte zur Wallfahrt auf, natürlich mit dem Zug. Mit Proviant hatten sie sich eingedeckt: »Mä hot ja nex griecht in die Wirschaftn domols, höchstens a Dünnbieä!« Zuerst statteten sie ihren Dank vor der Schwarzen Madonna in der Gnadenkapelle ab und opferten eine dicke Kerze. Von den Votivgaben und der Schatzkammer waren sie sehr beeindruckt und auch von der abendlichen Lichterprozession. Aber wo sollten sie übernachten? Sie hatten schon alle Gasthöfe und Privatadressen abgeklappert – aussichtslos! Im Dunkeln gingen sie nun von Haus zu Haus und bettelten um ein Nachtquartier, fast wie Josef und Maria auf der Herbergssuche. »Miä legn uns aa aufn Bodn, auf dä Stroß könna mä doch net übänochtn!« Damit weckten sie das Mitleid einer ländlich aussehenden Frau am Stadtrand: »Ja, wenns auf unserm Dachbodn schlafen möchts! Bettzeuch hob i koans, oba a Heu is drobn!« Die Rosa und der Seppä wären ihr fast um den Hals gefallen. Mit einer Kerze leuchtete die freundliche Frau dann dem Paar hinauf, nahm sie aber wegen der Feuersgefahr gleich wieder mit. Todmüde ließen sich die beiden ins Heu fallen.

Nach ein paar Stunden wachte die Rosa mit einer grässlichen Beklemmung auf. Schwül und dumpfig war es auf dem Dachboden und das Heu roch betäubend. Sie fühlte, dass ihr ein Asthmaanfall bevorstand. Angstvoll rüttelte sie den schnarchenden Seppä: »Wach auf! Ich griech ka Luft mehä!

Mach a Fenstä auf, sunst ästick i!« Schlaftrunken tappte der Mann auf dem stockdunklen Boden herum, bis er endlich eine Fensterscheibe ertastete. »Do is a Fenstä, obä ich brengs net auf, ich find kan Griff!« »Hau's nei, sunst sterbi – miä zohln den Schodn!« röchelte die Rosa. Schon splitterte die Scheibe und erlöste atmete die Frau auf: »Luft, frischa Luft! Es is wie a Wundä, vägelts Gott!«

Wie befreit schliefen beide bald darauf ein. In der Früh wurde die Rosa jäh vom Gelächter ihres Mannes geweckt: »Es is wirklich wie a Wundä! Do schau nä heä, dai frischa Luft is ausm Küchnschronk kumma!« Der Seppä hatte im Dunklen die Scheibe eines alten Büfetts eingeschlagen, das auf dem Dachboden abgestellt war.

Heimweh

Heutzutage ist ein Zeltlager in den Sommerferien für Mädchen und Buben etwas Selbstverständliches. Das war nicht immer so. Noch in den sechziger Jahren war es etwas Besonderes und nur den Jungen vorbehalten. Ob das immer noch so abläuft wie früher, als meine Söhne dabei waren? Ich kann es mir kaum vorstellen, denn die Methoden waren in dieser Zeit ziemlich rauh. Aber das Heimweh der Jüngsten wird es wohl immer geben.

Die Pfadfinder der Oberen Pfarre, zu denen auch mein Sohn Uli gehörte, hatten beschlossen, zusammen mit einem Stamm von St. Gangolf ein achttägiges Ferienlager am »Kleinen Feuerstein«, dem »Lindersberg«, zu halten. Da stand zwar nur ein einfaches Holzhaus, aber auch das war noch viel zu

Laurenzistraße 1 (Oberes Haus) – fotografiert von August Schlund 1949

»normal«! Also wurde der Lagerplatz noch ein Stück abseits davon ausgewählt. Man wollte doch in Koten schlafen, Zelten ohne Boden und nach oben offen, ein Lagerfeuer schüren und nachts Wache halten. Dank der Geschicklichkeit der älteren Pfadfinder waren die Zelte schnell aufgebaut, und es herrschte trotz des Altersunterschiedes ein gutes Klima im Lager.

Als alle eines Abends einträchtig am Feuer saßen und von der Klampfe begleitet »Wilde Gesellen, vom Sturmwind durchweht« sangen, kam Hans, einer der Führer, vom »Großen Feuerstein« zurück. Er erzählte, dass in den Nachrichten gemeldet worden sei, aus der Strafanstalt Bayreuth wäre ein gefährlicher Verbrecher entkommen. Er hätte den Wächter überwältigt, dessen Schusswaffe an sich genommen und halte sich nun vermutlich in der Fränkischen Schweiz auf. »Miä müssn scho voäsichtich sei«, sagte der Hans, »odä hot aanä Angst?« Alle versicherten lachend das Gegenteil, hier am Feuer nicht und in den Zelten auch nicht!

Einen Tag später war eine Nachtwanderung angesagt, über den Großen Feuerstein zum Knock, auf dem ein Holzkreuz stand. Als der Mond aufging, bot sich ein wunderbarer Ausblick auf die friedlichen Dörfer, die Wiesen und Felder. Sogar die Göschla der Kleinsten standen für Minuten still, eine besondere, fast feierliche Stimmung hatte auch sie erfasst. Es wurden noch ein paar schöne Abendlieder gesungen, als plötzlich Franz, ein gestandener Pfadfinder, merkte, dass sein jüngerer Bruder Klaus fehlte. »Obä mit uns fortganga vom Loochä is ä scho, des waaß i bästimmt«, berichtete einer. »Välleicht is ä im Dunkln widdä umgekehrt«, meinte ein anderer.

Es wurde also beschlossen, so schnell wie möglich zum Lager zurückzulaufen, um sich zu vergewissern. Unterwegs wurden die abenteuerlichsten Vermutungen angestellt und die Aufregung wuchs. Doch sie war nichts gegen den Schrecken, der alle durchfuhr, als plötzlich in der Nacht kurz hintereinander zwei Schüsse zu hören waren. »Deä Ausbrechä vo gestärn«, fiel es ihnen wieder ein, »deä hot doch a Waffn bei sich! Deä wird doch dem Klaus nix gätoo hom!«

Die Panik verstärkte sich, als er auch im Lager nicht zu finden war. »Wos wern denn mei Eltärn soong, wenn i ohna mein Brudä hammkumm!« rief der Franz verzweifelt. Jetzt wurde beschlossen, im Haus Lindersberg die Polizei anzurufen. Aber der Franz kam bald niedergeschlagen zurück: »Die Polizei glabt uns net und denkt, miä wolln sie vääppln!« Einhellige Empörung: »Sunst sän sie immä do, wenn mä sie net braucht! Und wenn amol Not am Monn is, bleim di dähamm!« »Ka Frooch«, bestimmte der Hans, »donn müssn mä halt den Klaus allaa suung, und zwoä gleich!«

Keiner weigerte sich, obwohl ihnen das Herz bis zum Hals schlug. Der Hans gab die Anweisung: »Miä schwärma im Obstond vo fümfzehä Meter aus, also des haßt, jedä geht allans, obä auf Sichtweitn mit sein Nochborn! So suung mä des Gälände ob. Välleicht liecht der Klaus irchendwu und ko sich net helfn!« Die Nacht war zwar sternenklar, so dass man die nächste Umgebung erkennen konnte. Aber alles, was etwas weiter entfernt war, wirkte unheimlich und löste eine große, fast unerträgliche Anspannung aus. »Och Gottla, do steht aanä«, durchzuckte es den Uli, »wenn des dä gefährlich Väbrechä is! Wenn i doch dähamm wär om Kaulberch!« Obwohl sich der »Mann« als Wacholderbusch entpuppte, wurde die Angst immer größer. Hinter jedem dieser gespenstischen Sträucher konnte doch jemand mit einer Waffe lauern!

»Ich hob domols, mit zwölf Johä, wirklich mit mein Leben obgschlossen ghobt und hob fest gädocht, ich kumm nimmä haam«, erzählt der Uli noch heute. »Obä miä hom unsän Kameradn doch suung gämüsst!«

Dort, unter der Fichte, da lag jemand! Vorsichtig und zitternd schlich sich Uli heran. Es war der Vermisste, das Gesicht blutüberströmt und offensichtlich bewusstlos, aber er atmete noch. »Do is ä!« schrie der Uli, so laut er konnte, und alle Pfadfinder kamen angerannt. Sie hoben den Verletzten vorsichtig auf und trugen ihn in das Holzhaus. Dort wollten die Leiter Erste Hilfe leisten, bis ein Arzt kam.

Die Buben waren erleichtert und freuten sich über die geglückte Rettung. Aber sie staunten nicht schlecht, als der Klaus nach einer Weile frisch gewaschen und quietschvergnügt ans Lagefeuer kam: »Prima hobt ihä sie bästandn, die Mutprob!« »Was, alles nur ein Spiel? Miä homs net glaabn gekönnt, obä es wor woä! Die Meldung über den Verbrecher am Anfang war erfunden – und das Blut am Ende war Tomatenketchup!«

»Und wart ihr nicht wütend auf eure Führer?« fragte ich meinen Sohn. »Och Gott, miä worn halt froh, dass väbei woä und dass mä trotz dä Angst unsän Kamärodn net im Stich gälossn hom. A weng stolz worn mä aa und hom uns schon fast äwachsn gfühlt. Etz brauchst im Dunkln ka Schiss meä zä hom, hob ich miä gsocht. Und so froh wor i, dass widdä haam ganga is, und ich wollt vo do ob wirklich alläs bessä machen. Obä wie donn mei klaana Schwestä untä dä Haustüä gschriea hot: »Do kummt ja unsä Pfadstinkä!« do hob i ihä doch beinoh aana gschmieät!«

Kartofflgemüs

Wer kocht denn heut noch Kartofflgemüs? Na, da muss ich ganz leis sein, denn ich hab ja auch selber schon lang keins mehr gemacht. Und früher war es in den meisten Bamberger Familien das Samstag-Mittagessen schlechthin. Dazu gab's Schwarzbrot und ein Stück mehr oder weniger weiches Suppenfleisch. Oder auch Rot- oder Leberwürst, am besten geräuchert. Auch eine heiße Knoblauchwurst oder Leberkäs schmeckte dazu. Das Kartofflgemüs hatte den Vorteil, schnell fertig zu sein, und war – gewürzt mit Lorbeerblatt, Pfeffer, Zwiebel, Majoran, frischer Petersilie und Zitronensaft – eigentlich gar nicht schlecht.

Auch in unsrer Familie war es samstägliche Tradition. Die Kinder rümpften zwar die Nasen, aber gegessen werden musste das Kartofflgemüs trotzdem, wenn auch nur in kleinen Portionen. Als nach fünfzehn Jahren den Eltern der erste Urlaub ohne Kinder zugestanden wurde, betreute eine Freundin die vier Kinder, während die Oma das Kochen übernahm. Jeden Tag fragte sie die Kinder, was sie essen wollten, und immer gab es Streitereien, weil jeder ein anderes Lieblingsgericht hatte. Aber schließlich kam jedes Kind einmal zum Zug. Als aber die Frage am Samstag gestellt wurde, riefen alle vier wie aus einem Mund: »Kartofflgemüs!« Die Oma glaubte, das müsse die Leibspeise der Enkel sein, und stellte zu Mittag einen Riesentopf mit heißem Kartofflgemüs auf den Tisch. Alle nahmen, wie gewohnt, sehr mäßig davon und so blieb mehr als die Hälfte übrig. »Was, ihr seid schon satt, das gibts doch nicht!« Aber sie beteuerten es treuherzig und der Uli sagte leis zu seiner Schwester: »Miä haltn uns liebä oo die Sauäteigkipfla vom Bittermonn und oo den Aufschnitt, wus om Samstoochohmd immä gibt!« Aber er hatte sich gäbrennt: Am Abend stellte die Großmutter das aufgewärmte Kartofflgemüs auf den Tisch. Die Enkel machten zwar zuerst alla a Schlöppn, aber der Älteste meinte, als die Oma grad in der Küche war: »Essn mäs liebä auf, sunst wärmt sies morng om Sunntoch välleicht nuch amol!« Als die Eltern bald darauf aus Österreich anriefen, um zu hören, wie es denn daheim gehe, war der erste Satz: »Gut – obä om Samstoochohmd hots aufgäwärmts Kartofflgemüs gebn!«

Aber es gibt noch eine Steigerung zum aufgewärmten Kartofflgemüs: das kalte! Die Lina, eine Häckerstochter, war in den zwanziger Jahren zu einer Hochzeit eingeladen. Sie empfand es als große Ehre, wals so vornehma Leut worn, und kaufte sich extra eine neue, seidene Bluse. Die Hochzeitstafel war auch sehr aufwendig dekoriert und die Brautmutter konnte gar nicht genug Lob heischen: »Ist es nicht schön bei uns und geschmackvoll?« fragte sie immer wieder und die

Des nehmä mä doch mit haam!

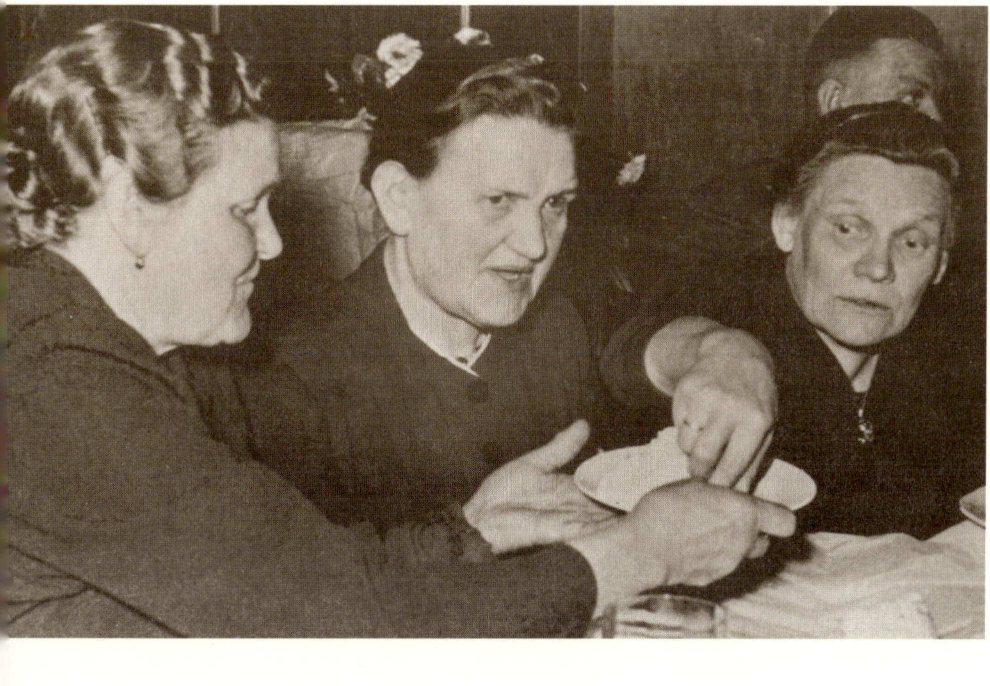

Gäste beeilten sich jedes Mal, ihr zuzustimmen. Als ersten Gang gab es, wie üblich, Bratwürste. Wieder ertönte die Stimme der Mutter: »Aber bitte, jeder nur eine Bratwurst!« Und das zog sich so über den ganzen Tag hin, auch bei Kaffee und Kuchen. Die Lina hielt sich vornehm zurück und überließ das wenige, das auf wunderschön verzierten Platten angeboten wurde, fast alles ihren jungen, hungrigen Tischnachbarn. Merkwürdig früh war die Lina am Samstagabend wieder zu Hause. Sie eilte in die Küche und suchte etwas Essbares. In der Ecke stand ein Topf mit kaltem Kartofflgemüs, das als Rest für die Schweine bestimmt war: Heißhungrig machte sich die Lina mit einem großen Löffel drüber her. Ihr Vater, der vom Stall hereinkam, blieb unter der Tür stehen und rief lachend: »Sowos hot mä aa nuch net gsähng! Des muss ja a schöna Hochzich gäwesn sei! Etz kummst haam und isst die Säu des kolta Kartofflgemüs wech!« Und es wurde in der Häckerfamilie zur stehenden Red: »Do is so hungrich zuganga wie sermol auf dera Hochzich!«

Für Leib und Seel

»Essn und Trinkn hält Leib und Seel zamm.« Diese Empfehlung steht zwar in keinem frommen Erbauungsbuch, sie wird aber trotzdem von vielen Geistlichen – Pfarrern wie Bischöfen – befolgt, von jedem auf seine Weise.

So dürfte sie sicher der Wahlspruch des Bamberger Dompredigers Sextl gewesen sein, der von 1915 bis 1924 dieses Amt inne hatte: Sein gewaltiger Leibesumfang ließ gar keinen anderen Schluss zu. Aus diesem mächtigen Resonanzboden kam eine entsprechend laute Stimme, die bis in die hintersten Winkel des Doms zu hören war, natürlich ohne Mikrofon. Von seinen Predigten ist uns ja nichts überliefert, wohl aber sein Ausspruch: »A Entn is a Unglücksvogl – aana is zä weng füä an Monn und zwaa sän widda zävill!«

Als Domprediger abgelöst wurde Sextl von Dr. Johannes Vetter, dem späteren Dominikanerpater Marianus Vetter, der in der Nazi-Zeit wegen seiner mutigen Predigten von der Gestapo verhaftet wurde. Als die Gottesdienstbesucher diesen schmalen, vergeistigten Mann zum ersten Mal auf der Kanzel sahen, staunten sie: »Der Neu is ja bloß a Sechstl vom Sextl!«

Dessen irdischer Appetit hielt jedoch nicht nur Leib und Seele zusammen, auch lästige Nebenerscheinungen stellten sich ein: Als Sextl schließlich Stadtpfarrer in Forchheim wurde, hatte er noch einmal kräftig zugenommen. Und bald erzählte man sich dort, dass er vor der Messe immer einen Ministranten anwies, ihm beim »mea culpa« des Confiteor dreimal auf den Bauch zu klopfen – Brust und Bauch waren nämlich bei ihm nicht mehr zu unterscheiden, ihm selber war es zu mühsam und fast unmöglich.

Von einem Pfarrer, der auch kein Kostverächter war, hat mir ein Kaulberger erzählt, der in den fünfziger Jahren in der Fränkischen Schweiz unterwegs war. An einem Sonntagabend kehrte er in ein Dorfgasthaus ein, das ihm wegen seiner günstigen Preise und des guten Bieres wohlbekannt war, zu einer Brotzeit halt. Aber diesmal war die Wirtsstube gerappelt voll, es war nämlich Kerwa. Sogar eine fremde Bedienung hatte der Wirt für diesen Tag eingestellt. Zwischen den einheimischen Bauern, die tarockten, und den Ausflüglern, die aßen, fand er gerade noch einen Platz. Der Pfarrer des Ortes saß dabei: Er hot kräftich gessen und gätrunkn. Als das Gebetläuten zu hören war, sagte er: »Leut, ich muss haam, die Fräun Kuni wart mitn Oomdessn!« Der Bedienung rief er zu: »Fräulein, zohln!« Sie schreit in voller Lautstärke quer durch die Stubn zurück: »Also, Hä Pfarrä, Sie hom ghobt värzehä Seidla Bieä, an Bocksbrotn, zwaa Schnäps und an Backstaakees!« Alle Leut in der Wirtschaft starren den Pfarrer an, die Fremden erstaunt, seine Bauern mit unverhohlener Bewunderung: Deä ko wos vätroong und mä merkts na goä net oo! Aber auf seiner Stirn schwillt die Zornesader und in seinem schärfsten Predigtton, den er sonst nur beim Jüngsten Gericht und bei Höllenstrafen einsetzt, dröhnt er: »Ich habe nicht gefragt, was ich bestellt habe, sondern was ich bezahlen muss!« Und dämit des net widdä voäkummt, hot ä vo do ob jeds Seidla einzln bäzohlt!

Die heutige Brauerei Mahr in der Wunderburg, vormals Brennersche Brauerei im Jahr 1887

Dieser Pfarrer könnte es auch gewesen sein, bei dem ein junger Mann einmal beichtete, er sei unmäßig gewesen. »Im Essen?« fragte der Geistliche. »Naa, beim Bieätrinkn!« »So, und wieviel host denn ghobt?« »Drei Mooß!« »Bloß«, rutschte es dem Beichtvater heraus. »Ja, obä ich woä ganz schö zammgäwaacht«, entgegnete der Bursche zerknirscht. »Ja, die Gnaden sind ganz verschieden verteilt, ich zum Beispiel habe die Gnade von sieben Maß!« Und mitleidig zu seinem Beichtkind: »No, donn betst halt zur Buße ein Ave Maria!«

Etwas zum Leib und Seele zusammenhalten wollte auch ein früherer Pfarrer der Wunderburg tun, aber nicht für sich selbst, sondern für eines seiner Schäflein. Er hatte nämlich einen Gärtner gebeten, ihm mit seinem Fuhrwerk ein paar Ster Holz aus dem Hauptsmoorwald zu holen; die hatte der Geistliche als Brennholz für den Pfarrhof ersteigert, »gstrichn«, wie es in Bamberg heißt. »Natürlich zahl ich Ihnen den Fuhrlohn!« »Kummt ja goä net in Frooch, Hä Pfarrä, dass ich vo Ihnäna a Geld nimm!« »Na, dann gehen Sie halt nachher zum Mahr und bestellen sich eine Brotzeit und was zu trinken auf meine Kosten!«

Als der Pfarrer gegen Abend von einer Beerdigung mit anschließendem Leichenschmaus zurückkam, war das Holz schon da und sogar säuberlich gesetzt. »Dä Mastä hot gsocht, eä schaut amol nübern Mahr, wie's dä Hä Geistlich Rot gäwollt hot«, richtete die Pfarrhaushälterin aus, »obä des woä scho heut mittoch um zwaa!« Er geht gleich hinüber, vielleicht trifft er den Gärtner noch an – und wirklich, da sitzt er. Der Geistliche lobt die saubere und schnelle Arbeit und fragt dann: »Nun was haben Sie verzehrt, was bin ich schuldig?« »No ja, Häa Pfarrä, des is a ganz einfocha Rechnung: Etz bästell ich mä nuch a Mooß, donn säns fuchzich Seidla! Obä wenns Ihnäna wos ausmächt, no zohl ich die letzt Mooß halt selbä! – Fei wirkli woä!«

Der Kuschlbär und andära Viechä

Als mein Mann kürzlich am Samstag durch den Einkaufsmarkt ging, rief ihn die Chefin höchst persönlich an: »Herr Motschenbacher, Herr Motschenbacher, ich hätt do wos für Sie! Kaafn Sie doch Ihrä Fraa so an schön weißn Kuschlbärn! Sie grieng na für die Hälft!« Er lachte: »Wos braucht mei Fraa an Kuschlbärn, wu si doch mich hot! Obä gebn Sie na heä, unsä jüngsta Enkelin werd sich freua!«

Ich steh derweil am Marktstand vom Kunnä, als mein Mann übern Maxplatz kommt und den weißen Bärn schwenkt. Eine Bekannte, die neben mir einkauft, lacht: »Do muss ich Ihna aa wos äzehln, obä net vo an Bärn, sondän vo an Gaul! Ich hob johzehntelong nimmä droo gädocht – und neulich fällt mers plötzlich widdä ei! Gehts Ihna aa so?«

Als sie noch in der Würzburger Straße wohnte, kam von Zeit zu Zeit ein Fuhrwerk vorbei, das nur von einem Pferd gezogen wurde. Ihr kleiner Lothar, der im Vorgarten spielte, war jedes Mal wie elektrisiert: »Der Gaul kummt! Der Gaul kummt!« Er stand an der Gartentür und schaute wie gebannt auf das Pferd, ja, er winkte ihm sogar noch nach. Einmal kam er besonders aufgeregt in die Küche: »Mamma, des musst dä ooschaua! Heut hot dä Gaul sei Fraa däbei!« Der Mutter bot sich ein ungewöhliches Bild: Neben dem Pferd war eine Kuh eingespannt und beide zogen zusammen den schwer beladenen Wagen: »Woher hat der Bub das bloß, dass die Frau vom Pferd eine Kuh ist? Vielleicht von unserm Nachbarn? Der sagt im Spaß doch immer: »Mei Fraa, die dumm Kuh!«

Auch die Hella konnte mir etwas »Tierisches« von ihrem Sohn Stefan erzählen. Er ging damals in die erste Klasse. Als er einmal mittags von der Schule heimkam, berichtete er, dass der Lehrer heute über die Tiere im Wald, also Hase, Reh und Hirsch, gesprochen habe. Sie würden im Winter hungern müssen, wenn nicht Futterraufen aufgestellt würden. »Und donn hot dä Hansi uns nooch dä Schul wos ganz Lustigs gälärnt, miä hom uns fast totgälacht. Des mach mä etz aa. Mamma, sooch amol: ›Mein Vater heißt Reh‹, und des schnell und immä schnellä!« Die Mutter tut's, ganz gehorsam. Aber der Stefan schreit: »Du musst schnellä machn, sunst wirkts net!« Sie versucht auch das – ohne Erfolg. Ihr Sohn wird wütend: »Du musst lachn!« »Wos isn do zum Lachn?« Jetzt ist er tief beleidigt und nah am Greinen: »Du västehst ja übähaupt kan Spaß!« Da kommt der Mutter endlich die Erleuchtung: »Hirsch heißt mein Vater, muss des haaßn!« sagt sie lachend. Ich muss den Leser nicht auffordern, den Spruch ganz schnell zu wiederholen, er weiß eh, wie der Hase – nein, der Hirsch – läuft!

Festzug am Kaulberg mit Ochsengespann vor der Brauerei Kleebaum, die im Krieg zerstört wurde

Eine wohlmeinende Tante abonnierte für mich als Kind eine Zeitschrift, die »Du und das Tier« hieß, damit ich keine Angst mehr vor manchen Tieren hätte und ein besseres Verständnis entwickeln könnte. Der Erfolg war nicht unbedingt durchschlagend. Jedenfalls habe ich heute noch großen Respekt vor Hunden, es sei denn, sie sind völlig ungefährlich.

Im Grasgarten eines Juradörfchens stand die Eva auf der Leiter und leerte Äpfel ab. Unter den Bäumen hüpften die Kinder herum, ihre eigenen und die vom Nachbarn, hauptsächlich Mädchen. Sie beschlossen, Vottäles und Muttäles zu spielen. Die Rollen der »Mutter« und der »Maad« waren die beliebtesten. »An Votä braung mä net«, sagte die Liesl. »Och,

Sommeridylle mit Vierbeiner in der Ziegelgasse in den dreißiger Jahren

deä muß halt scho gstorm sei«, ordnete die Rosa an, die etwas mehr Ahnung von den Zusammenhängen hatte. Also wird die Franzi die Tant, und die Jüngsten machen sie zu Babies und Schulkindern. Da kommt der fünfjährige Matthias angerannt und will auch noch mitspielen. Aber alle Rollen sind schon besetzt. »Du därfst den Hund machn,« sagt Mutter Rosa, »musst halt fest belln und dei Zeh bleckn!« Gleich sind die Mädchen in ihrem Element: In der Küche, die mit allen Geräten nur in ihrer Vorstellung existiert, schüren sie den Herd, backen Krapfen, füttern die Bobbäla und schimpfen die größeren, frechen Kinder. Und immer ist der bellende Hund dazwischen! »So gehts net«, sagt die Maad Liesl schließlich, »deä ghöät eigsperrt!« Also bauen sie aus Obstkisten eine Art Hundehütte oder Zwinger, dahinein führen sie den geduldigen Matthias. Die echte Mutter im Baum beobachtet mit Vergnügen, wie die Mädchen inzwischen a Kerwäsessen kochen. Der arme Hund aber hockt im Zwinger und hat nichts zu tun. Sein Bellen und Zähnefletschen wird überhaupt nicht beachtet. Inzwischen ist der Kerwässchmaus auf seinem Höhepunkt. Der Hund knurrt bedrohlich, aber niemand denkt daran, ihm auch nur ein paar Knochen anzubieten. Da wird es dem treuen Viech zu dumm. Mit lautem Gebell bricht er aus dem Zwinger aus, dass die Obstkisten nur so herumfliegen, und schreit unter Zornestränen: »Wau, wau! Ich scheiß euch wos! Sucht euch an andän Hund!«

Zwaamol Schelln

Die Häckerswitwe Anna hatte drei große, breitschultrige Söhne. Sie selber war eine kleine, aber recht energische Frau, die in ihrem Haus am Oberen Kaulberg ein strenges Regiment führte. Nur am Samstagabend durften ihre Söhne ausgehen.

»Gemmä nübern Kaisäwirt odä nein Greufnklau?« fragte der Älteste. »Naa, heut schau mä mol nuntä die Stodt, zum Ringla odä zum Fässla«, so der Simon. Weil er als Jüngster auf den eigenen Feldern arbeitete, steckte ihm die Mutter ein paar Münzen zu. Die beiden anderen waren bei der Mälzerei Weyermann beschäftigt und verdienten selber. »Obä spätestäns um zwölfa seid ihä dähamm!« rief ihnen die Mutter nach.

Als Mitternacht schon lange vorbei, aber keiner ihrer Buben daheim war, machte sich die Anna Sorgen. »Hom denn etz die Wertshäusä übähaupt nuch offn? (Man schrieb das Jahr 1885). Sie wern doch nix mit Maadla hom? Des könna donn ka gscheita sei!« Endlich hörte sie die drei ins Haus schleichen. Sie zogen ihre Schuhe aus, um auf Socken die Dachkammer zu erreichen. Aber auf der Bodentreppe stand drohend die kleine Mutter im »Nochtkittl«, mit herunterhängendem dünnen Zopf und – eh sie sich's versahen hatte sie jedem der drei großen Mannsbilder ein paar Schelln versetzt. »Wos fellt euch ei, so spät haam zä kumma? Etz is scho Sunntooch! Des gibts fei in meim Haus net, grod wal i a Witfraa bin, muss a Ordnung sei!«

Etwa achtzig Jahre später. Ihre Urenkelin, die Margaret, wollte sich gerade den riesigen Korb mit Bügelwäsche für sechs Personen vornehmen. Da überraschte sie ihr ältester Sohn mit der Eröffnung, dass er am nächsten Tag einen Hausaufsatz abzugeben hätte. Zwei Wochen wusste der Kerl schon davon und hatte sich noch kein Wort überlegt! »Och, schreib

Am Laurenziplatz – Aufnahme von August Schlund 1954

mä halt den Aufsotz«, bettelte der fünfzehnjährige Wolfi, wie er daheim noch immer hieß, »es pressiert doch so! Und außädem is des ächt a blöds Thema, a ›Erörterung‹ solls sei, hot dä Professä gsocht!« »Nix do«, sagte die Margaret streng, »örscht probierst es amol selbä!«

Murrend setzte er sich an den kleinen Tisch am Fenster, kaute an seinem Stift, stöhnte und schimpfte abwechselnd (dem Professor müssen die Ohren geklungen haben) – nicht zum Anhören! Endlich legte er sein Blatt auf den Bügeltisch. Doch so ging's natürlich für die Margaret nicht. Sie verbesserte, strich durch, flickte ganze Sätze hinein, machte Fußnoten – das Blatt sah am Ende aus wie ein Schlachtfeld! »Do kennt sich doch kein Schwein aus!« sagte der Wolfi anklagend.

Also schrieb die Mutter in fliegender Eile das Ganze in der richtigen Reihenfolge noch einmal ab, damit es der Sohn dann auf die vorgeschriebenen Doppelblätter übertragen konnte. Aber das Gejammer ging weiter. »Wie haßtn des? Des ko wirklich kannä lesn!« Nach dem fünften Mal blieb der Margaret nichts anderes übrig, als den Aufsatz Wort für Wort zu diktieren – fast acht Seiten. »Hot des etz so long sei müssn?« lauteten die Dankesworte.

Gleich nach dem Abendessen sagte ihr Sohn mit Leidensmiene. »Ich hob solchä Genickschmerzn vo dem villn Schreiben, ich leech mi heut glei nei mei Bett!« Einige Zeit später schickte die Mutter seine beiden kleinen Schwestern mit einem Stapel fertiger Wäsche in sein Mansardenzimmer. Aufgeregt kamen sie zurück: »Mamma, dä Wolfi liecht im Bett und rührt sich nimmä! Välleicht is ä ohnmächtig – odä goä ?« Die Eltern eilten hinauf. Sie lüpften die Decke, die bis zu den Augen hinaufgezogen war. Da lag auf dem Kissen eine angemalte Maske, die ihr Sohn geschnitzt hatte. Unter der Decke waren Pullover zu einer Körperform modelliert – der Künstler selbst über alle Berge!

Vor Aufregung konnten die Mädchen kaum einschlafen, und auch die Margaret hörte alle Viertelstunden schlagen. Angst und Zorn hielten sich die Waage. Um Mitternacht weckte sie ihren Mann: »Eä is fei nuch net do!« »Deä kummt scho nuch«, brummte der. »Etz schlof doch endlich!« Aber sie stand auf, stellte sich ans Fenster und schaute die Straße entlang – nichts! Dann baute sie hinter der Haustür drei große, leere Waschmitteleimer auf, um Wolfis Heimkehr ja nicht zu verpassen, falls sie doch einschlafen sollte.

Doch dazu kam es nicht. Hatte er nicht neulich von Drogen gesprochen? Vielleicht lag er auch irgendwo – zusammengeschlagen. Man konnte ihn, groß und kräftig, für älter halten. Schon wieder war sie am Fenster, da sah sie ihn endlich aufs Haus zukommen. Vorsichtig wurde der Schlüssel umgedreht. Da, ein Höllengepolter, die drei Blecheimer krachten auf den Steinboden. Der Wolfi war wie vom Donner gerührt. Auf der Innentreppe kam ihm auch noch ein Gespenst im langen weißen Hemd entgegen und fragte drohend: »Wo warst du? Wo kommst du jetzt her?« Er stotterte: »Ich woä doch bloß im Kino und hob miä an Horrorfilm oogschaut, zuä Erholung!« »So«, stößt die Margaret wütend hervor, »bei deina Genickschmerzn!« Und bevor er sich versieht – klatsch, klatsch – sind's jetzt die Gene oder ist's die Familientradition – gibt sie ihm links und rechts a poä Schelln, die hom sich gäwaschn ghobt!

Inzwischen war von dem Lärm auch der Vater aufgewacht. Kopfschüttelnd sagte er: »Wos wird do örscht auf uns zukumma, wenn die Maadla amol in dem Altä sän!« Drauf die Margaret, fast ein bisschen anzüglich: »Donn konnst du välleicht aa nimmä schlofn!«

AUSGSCHMIERT?

Schmunzelnd erzählt mir der Sohn des Wirtes der »Würzburger Weinstube« – nun auch schon ein alter Herr – vo die Straach, wu sei Vottä, der Josef, so voä sechzig, siebzig Joä ausgheckt hot. Und eä hot etz immä nuch sei Freud droo. Unwillkürlich fühle ich mich an die Schelmengeschichten aus Johann Peter Hebels »Schatzkästlein des rheinischen Hausfreundes« erinnert – nur mit dem Unterschied, dass mehr als hundert Jahre dazwischen liegen, dass sie in Bamberg spielen und auf jedn Foll »ächt woä« sind.

Am Samstag Vormittag, so ab zehn Uhr, zog es damals manche gestandene Bamberger fast magisch zum Frühschoppen in die »Würzburger Weinstube«. Dort konnte man allerhand Neuigkeiten erfahren, auch aus dem Geschäftsleben, und lustig und unterhaltsam war es allemal. Manchmal war der Zuspruch so groß, dass man in Zweierreihen um den Tisch sitzen musste, wenn man nichts verpassen wollte. Unter den Stammgästen war auch der Max, ein Pelzhändler aus der Innenstadt.

Hainspaziergängerin mit Pelz Anfang der dreißiger Jahre

Immer bevor er sein Geschäft verließ, schärfte er der Ladnerin ein: »Und wenn fei aanä kummt, der wu a Fell väkaafn will, donn rufst mi glei oo, du waaßt ja, wu, donn kumm i.« Kaum hatte der Max diesmal ein Glas getrunken, als sie ihn schon zurückrief. »Und wenns a schöns Fell is, donn bringis mit und zeigs euch«, rief er im Fortgehen den Stammtischbrüdern noch zu, von denen einige selber auf die Jagd gingen. Und es lohnte sich tatsächlich: Ein Jagdpächter bot ihm ein wunderschönes Marderfell an, das er nach kurzem Handeln kaufte. Gar nicht schnell genug konnte er dann zum Frühschoppen zurückkehren und er nahm das Fell gleich mit, um es vorzuzeigen: »Is des net schöö und fehlälos? Mardäpelzla sän etz großa Mode: Entwedä einfoch um den Hols gätroong, odä als Kroong und Manschettn. Bräuchst ka Gschenk füä dei Fraa odä dei Tochtä«, fragt er den Wirt. »Ja, wu kumm i denn do hi«, wehrt der ab. »Mecht nex, des griech i mit Hondkuss los! Und günstich hobis ähandlt, do muss i mi wirkli selbä scho a weng lobn! Wu tu ichs denn etz bloß noo?« »Do, legs obn auf die Gardrob, dass des net vägisst«, sagt der Josef und geht in die Küchn. Da steht gerade der Bauer, der jede Woche Eier liefert. Den nimmt der Wirt auf die Seite und gibt ihm das Fell: »Domit gehst etz nei des Pelzgschäft om Maxplotz und sechst, du willst des väkaafn. Wenn obä die Väkäuferin örscht ihän Chef holn will, donn gehst net drauf ei. Obrechna tun mä nächsta Wochn – es soll dei Schodn net sei!«

Der Bauer geht richtig in das Geschäft und die Ladnerin will zuerst den Chef anrufen. »Na, na«, secht der Moo, »donn is ka Gschäft zä machn, so long konn i net wartn, ich muss zu mein Zuuch!« Unterdessen trinkt der Max in der Weinstube ein paar Schoppen Spätlese – no, wenn mä so a guts Gschäft gämacht hot! Die Unterhaltung ist lebhaft und die Zeit vergeht, mä waaß net, wie. Auf einmal merkt er: »Jössäs, es is ja scho zwölfä väbei, ich muß doch nuch amol nei mein Lodn!« Schnell stürzt er seinen Wein hinunter und schießt fort, schon etwas benebelt und ohne an das Fell zu denken. Im Geschäft empfängt ihn die Ladnerin freudestrahlend: »Schaua Sie her, Chef, ich hob nuch a Mardäfell kaafn könna, gänau so schöö wie ihäs, obä um zehä Mark billichä!« Der Max waaß net, ob eä a Männla odä a Weibla is. Vor ihm liegt das Fell, das er vor zwei Stunden schon einmal gekauft hat! Aber sovill brengt eä doch nuch zamm: »Des woä ka anderä wie dä Josef, deä

Freggä, der wu mich ausgschmiert hot! No wart nä, dich griechi aa nuch amol droo!«

Unterdessen lacht der Josef in seiner Weinstubn stillvergnügt: »Für den Straach muss i mi wirkli selber scho a weng lobn!«

Nach einer Woche schickte der Max die Verkäuferin, um das zu viel gezahlte Geld zurückzuholen. Der Josef lud sie gleich zu am Gläsla Wein ein, aus dem natürlich mehrere wurden. Nicht mehr ganz sicher, aber sehr beschwingt ging sie – und vergaß das Geld. Wie könnte es in dieser Geschichte auch anders sein?

Blick in die »Würzburger Weinstube«, leider ohne Josef Zöttlein

A Mistbeet für Originale

Als Pfarrer Lunz von der Oberen Pfarre im Kommunionunterricht des Jahres 1941 meinen Mitschülerinnen und mir deutlich machen wollte, wie negativ der Ruf Nazareths zur Zeit Jesu war, erklärte er: »Man sagte über ihn, kann denn aus Nazareth auch etwas Gutes kommen?«

Das ist genau so, wie wenn man von der Rettl sagen würde: »Kann denn aus der Sutte auch etwas Gutes kommen?« Bei allem Respekt vor dem beliebten Geistlichen sagte ich spontan: »Ich wohn obä in dä Altnburchästroß, die Suttn fengt örscht nebä uns oo!« Der Pfarrer lächelte bloß: »So nah an der Grenze, macht das einen Unterschied?« Zuä Zeit tät des ja a gewissä Kaberettist välleicht aa von deä Gereuth soogn. Obä: Pfarrä hom net immä rächt – und Kabarettistn aa net!

Der Name »Sutte« ist schon seit dem 14. Jahrhundert nachweisbar und bedeutet soviel wie »Wasserstau«, wohl, weil sich in diesem Grund das Wasser vom Teufelsgraben und von der Panzerleite her sammelte. Interessant ist auch, dass der erste urkundlich erwähnte Häcker im Kirchenbuch der Oberen Pfarre von 1613 »in der Sutten« wohnte.

Wenn ich heute an die Sutte meiner Kindheit denke und auch an das, was mir eine ältere Cousine über sie erzählt hat, kann ich nur sagen: Sie war eine eigenwillige, aber liebenswerte und typische Straße des alten Bamberg, mit vielen kleinen und großen Kindern. Einer Kaulbergerin, die damals in die Sutte geheiratet hat, war es nach kurzer Zeit klar: »Des is ja direkt a Mistbeet für Originale!«

Wer kennt heute noch einen Schirmflicker? In der Sutte gab es einen, und er wohnte in einem der winzigen, niedrigen Häuschen, »wu mä aus dä Dochrinna saufn gäkönnt hot.« Der blasse, schmalbrüstige Mann, der ständig hüstelte, zog durch die Straßen und sammelte alte Schirme ein: »Dä Schirmflickä is do! Olda Schirm wie neu – ganz billich!«

Weil er es stimmlich nicht mehr schaffte, hatte er eine Begleiterin dabei, die für ihn den Ausschreier machte. Groß und dick, war sie das Gegenteil von ihm und alles andere als eine Schönheit. Sie führte ihm auch den ärmlichen Haushalt und hatte ihn ganz unter ihrer Fuchtel.

Wenn die »Schirmflickers-Babett« ihren voluminösen Kopf aus dem Fenster des winzigen Häuschens steckte, glaubte man, ihre Füße müssten im Keller stehen. Die Kinder machten vorsorglich immer einen großen Bogen um sie.

Ganz anders war es beim »Zobäla«, einem alten Fräulein, das in einem ebenso kleinen Haus wohnte. Es wurde mit einer ganzen Reihe alter Häuser später abgerissen oder modernisiert – heute erkennt man die Zeile nicht wieder. »Gehn mä a weng zum Zobäla?« sagten die kleinen Mädchen in den zwanziger Jahren zueinander. Bei dem alten, immer schwarzgekleideten Jüngferchen waren sie jederzeit willkommen.

Da gab es eine Kommode mit unvorstellbaren Schätzen: Bildchen in jeder Menge, Stöße von kolorierten Ansichtskarten, Ringlein mit farbigen Steinen, Glas- und Holzperlen in verschiedenen Größen. In einer anderen Schublade waren bunte Stoffreste, Garne und Nadeln aller Art und künstliche Blumen. Damit durften die Maadla nach Herzenslust spielen, und das »Zobäla« erfreute sich an ihrer Begeisterung. Vor dem Heimgehen mussten sie jedoch alles wieder säuberlich einräumen. Die Nachbarn spotteten über »das Gälump vom Zobäla«, aber für die Kinder war es ein Paradies!

Dicht daneben gab es eine Bäckerei, in der ich mir vor dem Kindergarten öfter a Schneckn kaufen durfte. Die war dick, ein wenig breit gelaufen und sehr süß, genau wie das frischgebackene kleine Ehepaar. Wenn die junge Frau Meisterin im Bäckerladen gefragt wurde, wie sie sich denn im Ehestand eingelebt habe, antwortete sie entzückt: »O, wir leben wie die Turteltäubchen!«

Das amüsierte die Süttnä sehr, aber noch mehr, wie die Bäckersfrau im Krieg auf ihre Hüte bedacht war. Bei Flieger-alarm eilte das »Turteltäubchen« – den Kinderwagen mit dem Baby schiebend – zum Karmelitenkeller. Dabei trug sie auf dem Kopf gleich drei modische, hohe Hüte – die reinsten Tschakos – übereinander. Ein Bild für Götter!

Politisch waren die Süttner nicht angepasst, eher wider-spenstig. Das belegt schon eine Episode aus dem Bauernkrieg

Zwischen Sutte und Matern: Das Anwesen Matern 1, kurz vor seinem Abbruch 1896 von Alois Erhardt fotografiert

1525. Der Fürstbischof Weigand von Redwitz war vor den aufständischen Bürgern und Bauern auf die Altenburg geflohen. Er wollte dann doch seinen guten Willen zeigen und zu Verhandlungen auf den Domberg reiten. Aber zuvor wurde er »in der Sutten« aufgehalten und sogar bedroht.

Nichts gefallen ließ sich auch die »old Frischa«. Sie wohnte in einem düsteren Haus im hinteren Teil der Sutte. An der rissigen Fassade ließ sich noch die Schrift »Zur Stadt Paris« entziffern. »Worum liecht denn Paris in dä Suttn?« fragten wir als Kinder. Die Erwachsenen antworteten verlegen: »No ja, des woä halt früha so a Wirtschaft!« Und blinzelten sich dabei vielsagend zu. Wir Kinder fürchteten die old Frischa fast wie eine Hexe, wenn sie absonderlich »zammgstellt«, mit ihrer Katze auf der Schulter, daherkam.

Als sie das Tier eines Tages in einem lidschäftigen Kinderwagen spazieren fuhr, zog eine johlende Bubenschar hinter ihr her. Aber wie sie sich plötzlich umdrehte und ein paar scharfe Schimpfworte losließ, flüchteten sich alle schnell in die Hauseingänge der Sutte.

In der Nazizeit soll die Frischa auf einem Bierkeller einmal den damaligen Kreisleiter Zahneisen angesprochen haben: »Grüß Gott, Hä Obäbürchämastä!« Der antwortete bissig: »Dä Grüß Gott is scho long gestorm, es haßt »Heil Hitler!« Da zischte sie zornig: »Vo diä loß i miä nuch long net soogn, wie ich zä grüßn hob! Wiest nuch net amol laafn gekönnt host, hob i diä scho dein Orsch obgäputzt!«

Nuch meä aus dä Suttn

Neulich hab ich fast nur von weiblichen Originalen aus der Suttn erzählt, heute ist mehr der männliche Teil dran – und da machten vor allem die Lausbuben immer wieder von sich Reden. Doch das meiste war noch harmlos: dass sie mit allerlei Tricks uns Mädchen beim »Dadzän« erbarmungslos schröpften und sich unsre schönen großen Glaskugeln mit den farbigen Spiralen einfach aneigneten, ebenso wie die Gschicht vom Fritzla.

»Heut hobis gschafft«, jubelte der, als er vom Ministrieren aus der Karmelitenkirche heimkam. »Gänau wie die Großn hob i beim Confiteor zum Pfarrä Stengl »mea stulpa« stott »mea culpa« gsocht!« Das galt als Mutprobe unter den Ministranten, auch wenn es bei dem schwerhörigen alten Herrn nicht gerade eine Heldentat war. Mit seinem eigenartigen Gang, so, als ob er bei jedem Schritt von einer Kugel abrutschen würde, trippelte Pfarrer Stengel nach der Messe auf das Haus in der Sutte zu, das für Geistliche im Ruhestand bestimmt war. Deswegen hieß es die »Emeritenstiftung« – die Süttnä aber hatten daraus längst »Hämmorhoiden-Stiftung« gemacht!

In der Sutte waren auch allerlei Berufe zu finden, die heute fast unbekannt sind. Vom Schirmflicker habe ich schon erzählt, dann waren da noch ein Häfner und Ofensetzer und ein Flickschuster. Es gab aber auch einen Büttner, vor dessen Haus oft neue, riesige Fässer standen. Ab und zu kamen »Zigeuner« durch die Sutte, die Lumpen sammelten. Ich lief heim, so schnell ich konnte und rief atemlos: »Mamma, kumm schnell, auf dä Stroß griecht mä füä a poä Lumpn lautä schöns Zeuch, Tassn und Tellä mit an Haufn Gold, zägoä Rosn sän drauf!« Lange musste ich bitteln und betteln, bis meine Mutter mitging. Die anderen Kinder zeigten schon stolz ihre Schätze. Es war wohl der Ausschuss einer Porzellanfabrik, lauter Einzelteile in grellen Farben, aber mit Goldrand. Dass die Form oft verzogen und Farbspritzer drauf waren, auch mal ein Sprung unter dem Staub, hatte ich natürlich nicht gemerkt. »Lautä Gälump«, sagte die Mutter entschieden – und aus war der Traum: Die herrliche Tasse mit Fuß, mit Vergissmeinnicht und der Aufschrift »Zur goldenen Hochzeit« – für nur fünf Pfund Lumpen! – musste ich vergessen.

Besser ging's mir mit dem »nigrin-Mann«. Das war ein Hallo, wenn er auf seinen hohen Stelzen in der Sutte auftauchte. Er konnte sicher sein, ein großes, jauchzendes Publikum von Kindern um sich zu haben, das ihn begleitete und seinen Werbesprüchen für eine Schuhcreme lauschte. Er war kohlschwarz angezogen, aber mit weißer Weste, seine langen Hosen fielen über die Stelzen und so kam er uns riesengroß vor. Kein Wunder, war doch sein Kopf, auf dem ein glänzender Zylinder saß, höher droben als die Firste der niedrigen Suttenhäuser. Vielleicht ein Arbeitsloser, der sich in den dreißiger Jahren ein bisschen Geld verdienen wollte – für uns Kinder war er ein Held! Er verschenkte Döschen mit schwarzer Schuhwichs und sogar einige Kinderringe aus »ächt Silbä«, wie er sagte. Und diesmal bekam ich einen mit einem winzigen Glücksschlotfeger drauf!

Manchmal wünsch ich mir dringend die alten Nachbarn und Verwandten her, die schon lange tot sind, dass sie mir bei den Namen und den Beziehungen der Bewohner untereinander auf die Sprünge helfen könnten. Von einem Mann aus der Sutte – ich nenn ihn Philipp – weiß ich, dass er unbedingt zur Polizei wollte. Nach vielen vergeblichen Versuchen gelang es ihm im Krieg endlich, Hilfspolizist zu werden. Do hot ä sich orch gfühlt und hots aa donn raushänga lossn, wenn eä net im Dienst woä. Vor allem auf die Läusä in der Suttn hatte er es abgesehen und sie schon bei Kleinigkeiten angeschnauzt und

Werbeaufnahme des Fotografen Max Gardill 1948 für die Büttnerei Max Saam

mit Strafen gedroht, als ob sie beim Militär wären. No, die hom an Brass auf na ghobt! Beim Gehen setzte der Philipp seine großen Füße so auffallend nach außen, dass man unwillkürlich an Charlie Chaplin erinnert wurde. Dazu trug er Schuhe, deren Spitzen nach oben zeigten, Schnabelschuhe halt. Wenn die Börschla den Potzgä sahen, riefen sie sich zu: »Dä Schnoblä kummt!« In sicherem Abstand gingen sie dann hinter ihm her, ahmten seinen Gang übertrieben nach und schrieen: »Tschäbblin-Schnoblä, Tschäbblin-Schnoblä!« Sobald er sich umdrehte, wetzten sie davon. Aber so schnell er auch rannte, er erwischte sie in seinen Schnabelschuhen nie!

Ähnlich war es mit dem Baron. Oberhalb der Sutte wohnte ein vornehm wirkender alter Herr, der aussah wie der Großvater des »Kleinen Lord«. Bei schönem Wetter ging er in einem eleganten hellen Anzug, nach Parfüm duftend, mit schneeweißem Haar und einem gepflegten Bart mit seinem Hund spazieren. In der glattrasierten Nazizeit war ein bärtiger Mann eine Kuriosität, so dass die Kinder in der Sutte jedes Mal zusammenliefen, um ihn zu bestaunen.

Die Mädchen hielten sich meist im Hintergrund, doch die Buben gingen ganz dicht an ihm vorbei und sagten zunächst brav: »Grüß Gott!« Er antwortete prompt und als ihn die Läusä im Rücken hatten, riefen sie lauter: »Grüß Gott, Herr Baron!« Und er antwortete geschmeichelt: »Grüß Gott!« Da rannten sie noch ein Stück weg und schrien alle im Chor: »Leck mi om Orsch, Herr Baron!«

Pöppl, Nikälaus und Christkindla

Früher gab es in der Adventszeit allerhand Bräuche, die wir kaum mehr vom Hörensagen kennen. In meiner Kindheit, in den dreißiger Jahren, sagte man zwar zu den widerspenstigen Kindern: »Wart nä, wennst net brov bist, kummt dä Thomäspöppl und nimmt di mit, und die eisärn Berta is aa nuch däbei!« Aber es gab sie nur als Androhungen.

Meine Mutter dagegen hatte noch Pöppl auf dem Kaulberg erlebt. Die zeigten sich jeweils um die Zeit der Namenstage: die eiserne Berta am 28., der Andreaspöppl am 30. November und der Thomaspöppl am 21. Dezember. Ursprünglich sollten wohl diese Heiligengestalten im Advent zu Umkehr und Buße aufrufen, aber mit der Zeit wurden sie ins Groteske verzerrt. Oder spukten noch uralte Vorstellungen vom »Wilden Heer« herum?

Zu Anfang des Jahrhunderts wurden die Pöppl von halbwüchsigen Buben dargestellt. Die zogen sich mit zerlumpten Kleidern und Sackrupfen so abstoßend wie möglich an und schwärzten ihre Gesichter. Wenn in den Adventswochen die Dämmerung früh hereinbrach, gingen sie zu zweit oder zu dritt zu den einstöckigen Häckerhäusern. Da waren die Kinder allein in der Stube, während die Eltern noch im Stall oder in dä Scheuärn arbeiteten. Aus Sparsamkeit wurde noch kein Licht in der Stubn angezündet. Da bumberten die Pöppl an die Fenster und vollführten mit Ketten und Rasseln großen Lärm. Sie pressten ihre schwarzen Gesichter an die Scheiben, schnitten gräußliche Grimassen und dies alles im zuckenden Schein von Stall-Laternen. Die Kinnerla in dä Stubn hom voä Angst gschriea! Da fragten die Pöppl mit tiefen, verstellten Stimmen: »Wollt ihr brav sein? Wollt ihr beten?« Das forderten ausgerechnet die frechsten Läusä vom Kaulberg und hatten ein höllisches Vergnügen, »die Kinnä förchät zä machen.«

Einmal trieben es der Hans, der Kunnä und der Michl besonders arg. Der Radau der Pöppl und das Kerren der verängstigten Kinder drang bis zum Vater in den Stall durch. Er stürmte zur Haustür und mit einem kräftigen »Ihä Dunnäkeilä, macht, dassä fortkummt«, verjagte er sie. »Noja«, sagte der Kunnä, »ich will sowieso haam. Heut isst mei Vorrä nämlich Hering, und do griechi den Kopf!« Der Häcker hatte einen Riecher. Das Pöppl-»Unwesen« wurde bald darauf vom Magistrat verboten.

Den Nikolaus darzustellen war dagegen den Vätern, Onkeln oder Nachbarn vorbehalten. Er sah aus wie heute etwa der Knecht Ruprecht – vornehme »Bischofs-Nikoläuse« gab es nur in Vereinen oder bei »die bessän Leut«. Beim Adl und seinen Schwestern machte der Vater den Nikolaus – mein Großvater. Er war in seiner Jugend, um 1890, als wandernder Handwerksgeselle weit in Deutschland herumgekommen, bis er sich in seiner Heimatstadt Bamberg als Meister niederließ. Obwohl er viel gesehen und gehört hatte, sprach er sehr wenig und hielt auch in der Erziehung seiner Kinder nicht viel von Worten, aber er hat ständig sinniert – oder »simäliät«, wie es bei uns heißt.

Bart, Zipfelmütze, Rute und Sack waren schnell besorgt, aber mit dem Nikolausgewand haperte es. Aber die Mutter wusste Rat. Sie drehte den schweren Wintermantel ihres Mannes einfach um, so dass das angewebte, karierte Futter außen war. Als Nikolaus hielt er seinen aufgeregten Kindern die reinste Predigt in so gewähltem Hochdeutsch, dass sie ihn nicht erkannten und tatsächlich für einen himmlischen Boten hielten. Dazu kannte er die geheimsten Missetaten vom Adl, der schon fürchtete, in den Sack gesteckt zu werden. Die Doreth lobte er, weil sie die Klassenbeste war und beschenkte schließlich alle mit Äpfeln, Nüssen, Lebkuchen und Bonbons, die damals noch »Zeltla« hießen. Die Aufklärung folgte im

Frühjahr, als die Mutter die Wintersachen im Gärtla lüftete und ausklopfte und der Sonntagsmantel des Vaters gewendet in der Sonne hing. Der Adl kam in den Garten und blieb wie angewurzelt stehen: »Do is ja dä Nikälausmantl! Wie kummt denn deä doheä?« arbeitete es in seinem Gehirn. »Do ko dä Nikälaus aa net weit sei!« Die Lösung lag auf der Hand, war aber trotzdem schmerzlich!

Dass das Christkind leibhaftig Kindern erschien, erfuhr ich in den vierziger Jahren. Da kam einmal Ende November die Anna, die uns eine lebendige Gans brachte. Meine Mutter hegte und pflegte sie und sprach sogar mit ihrer »Wiwi«. Als sie geschlachtet werden musste, tat sie ihr wirklich leid, aber in der schlechten Zeit waren Gänsjung, Gänsfett und der Braten zu Weihnachten ein Geschenk des Himmels. »Wie schnell wern die poä Wochn vägeh«, sagte die Mutter zur Anna, »und scho steht Weihnachten voä dä Tüä.« »Do hom Sie rächt«, sagte die Bäuerin, die aus einem Weiler im Steigerwald kam. Er bestand nur aus zwei oder drei Höfen, aber ihr Mann galt als reicher Bauer. »Obä so richtig Weihnachten werds bei uns örscht, wenn des Christkindla leibhaftich do woä!« »Ich västeh net rächt, wie maana Sie des etz?« »No, des kummt halt nei die Stubn und zeicht sich unsära Kinnä!« »Ja, und weä mecht denn des Christkindla?« »No, er, unsä Mastä!« »Ja, wos net goä, ihä Moo, dä Bauä?« Das konnte sich meine Mutter nun absolut nicht vorstellen. Er war nämlich ungefähr zwei Meter groß, breit und kräftig und hatte ebensolche Hände und Füße, aber fast keine Haare mehr, also »kein holder Knabe im lockigen Haar«. »Des müssn Sie mä scho gänau erklärn!«

Kurz und gut, der Bauer wurde von Kopf bis Fuß mit weißen Betttüchern verhüllt, unter denen auch die Hände versteckt waren. An die Riesenfüße zog man ihm Schafwollsocken. Weil er unter seinen Hüllen ja nichts sehen konnte, wurde er wie ein wandelnder weißer Turm in die Stube

Nikolaus in Bamberger Bürgershaus um 1910

geführt und ließ sich von den Kindern bestaunen. Dann drehte er sich, ohne einen Laut von sich zu geben, einmal um sich selber und wurde wieder hinausgeführt. »Und des is fei immä so orch schöö – und donn is bei uns örscht Weihnachtn!«

Die Weihnachtsgans

Es gibt doch wirklich kaum ein Thema, auf das man im Friseursalon nicht zu sprechen kommt. Neulich war der weihnachtliche Küchenzettel dran. Meine Nachbarin am Frisierplatz, eine freundliche, ältere Dame mit beachtlicher Haarfülle, sagte: »No, frühä wors in Bamberch selbstväständlich, dass om örschtn Feiätooch a Gons aufn Tisch kumma is. Och, do fellt mä wos ei«, wandte sie sich an mich, »wos Sie bästimmt interessiert, so a richtichä Straach untä olda Bamberchä.«

Da gab es in der »Würzburger Weinstube« einen Stammtisch, der sich bis in die Mitte des Zweiten Weltkriegs einmal wöchentlich traf. Er bestand aus Geschäftsleuten, Handwerksmeistern und Beamten und natürlich gehörte Josef, der Wirt, auch dazu. In der Vorweihnachtszeit sprach man einmal davon, dass die Lebensmittel und überhaupt alles immer knapper würden und ohne »Beziehungen« rein gar nichts zu beschaffen wäre. »Vägeßt Euä Red net,« sagte da der Jakob, Großkaufmann und eingefleischter Junggeselle, »obä etz muss i amol mei ›Beziehungen‹ spilln lossn!« Dabei wandte er sich an den ihm gegenüber sitzenden Elektromeister: »Schorsch, du musst mä morng unbädingt an Gselln schickn! Bei miä is a Schaltä vreckt, eä soll gleich an neua mitbrenga!« »Ja, wos für anä denn?« »Noja«, antwortete der Jakob, »es is dä Zuchschaltä im Schlofzimmä vo meina Köcha. Des geht so net weitä! Waaßt, wenni nochts aus ihäm Bett steich, find i mi im Dunkln übähaupt net zärecht.« Die Runde ist baff. »Do schau heä«, lachte der Josef, »ich hob goä net gäwisst, dass Du so a Boggädiväs (alter Lebemann) bist!« »Tja«, entgegnete drauf der Jakob und grinste so verschmitzt, dass keiner in der Runde wusste: Is des etz Tatsach odä gibt ä bloß oo?

Unterdessen fing Paul, der Holzhändler, an, von seinem Weihnachtsbraten zu erzählen. »Des gibt a Gänsla, ausgänumma bestimmt o die zehä Pfund!« Er hatte einen Jurabauern überredet, für ihn eine Gans zu »schoppen«, mit Mais und Gänsklöß. Daheim in seiner Stadtwohnung wäre das ja gar nicht möglich und außerdem könne er es der »Gattin« nicht zumuten. »Jung und zoät werd des Gänsfleisch sei, und des Fett is aa net zä väochtn, däzu om örschtn Feiätooch an Wirsching und roha Klöß. Obä des is nuch net alläs: In dem Dorf gibts aa nuch a klaana, obä guta Brauerei. Und deä Wirt hot mä auf Weihnachten a Zehn-Litä-Fässla väsprochn, a echts, ka Dünnbieä! Des bräut ä heimlich, bloß fuä sei Familie.« Den ganzen Abend erzählte er nur von seiner Gans, beschrieb bis ins kleinste den Bauern, das Dorf und die Lage des Hofs. Als er seinen »Iphöfer Kronsberg« ausgetrunken hatte, brach er als Erster auf.

Kappenabend in der »Würzburger Weinstube«

Die anderen rückten näher zusammen. »Wie deä oogebn hot mit seinä Gons und seim Bieä! Wenn mä do aa a weng mithaltn könnt!« »Worum net?« sagte der Josef pfiffig und hatte auch schon einen Plan. Der Direktor des Arbeitsamtes, gleichfalls ein Stammtischbruder, verfügte über einen Dienstwagen, Benzingutscheine und einen Chauffeur. Der sollte im Auftrag vom Paul die Gans und das Bier abholen. Den »Lageplan« hatte er ja ahnungslos geliefert. Einer aus der Runde bot sich an, an frischn lockern Wirsching zä besorng, ein anderer große Kartoffeln, wu so schöna hella Klöß gebn.

In der Woche darauf lud der Wirt den Stammtisch ganz unbefangen für den Dienstag vor Weihnachten zu einem Gansessen ein. »Und breng fei dei Fraa mit«, sagte er zum Paul.

Dann ist es endlich so weit: Die Gans duftet herrlich. Die Haut ist ganz dünn ausgebraten, braun und knusprig, und jeder darf sich sein Lieblingsstück nehmen: Schenkel, Brust odä den Gänsorsch, der wu so redselich machn soll. Die Köchin, dem Josef sei Fraa, wird über den grünen Klee gelobt: Die Klöß sind locker und schöö wollärich, der Wirsing grün und frisch und auch die Prise Muskat und der Ingwer fehlen nicht. »Des is obä ka Dünnbieä«, sagt der Paul, als er den ersten Schluck probiert, »wu hostn des heä?« »Beziehungen«, meint der Josef bedeutungsvoll.

Endlich ist die Gans bezwungen, bloß noch die Knochen türmen sich auf den Tellern. »Och, woä des gut«, stöhnt der Paul und streichelt sich den Bauch. »Obä, wie mach mä denn des mitn Bäzohln? Taaln mers einfoch untänander auf? Bessä kon mei Gons o Weihnachten aa net sei!« »Obä des woä doch deina und dei Biä aa! Miä homs bloß gholt. Bäzohln musstäs scho selbä bei dein Bauän drom Jura!«

Der Lumpenball

»Des passt ja etz grod fürn Fasching«, sage ich zu der Frau, die mir die lustige Geschichte erzählt, die sich vor mehr als siebzig Jahren bei einem Ball der »Gesellschaft Harmonie« zugetragen hat. Um die schönen Künste und die Geselligkeit zu pflegen war sie 1791 von Dr. Markus, dem Leibarzt des Fürstbischofs, für »das gebildete Bürgertum« gegründet worden, dem Beispiel Frankreichs folgend unter dem Namen »Club«. Man veranstaltete Liebhabertheater und »Concerte« und natürlich auch Bälle. »Ein solcher währte«, so steht es in einem Protokollbuch, »gewöhnlich von 7 Uhr Abends bis Morgens 8 Uhr«. Als ab 1796 auch Adelige und Militärs Mitglieder werden konnten, nannte man sich »Gesellschaft der Honoratioren«, ab 1808 einfach »Harmonie«, und so bis heute!

1810 wünschte sogar der Herzog Wilhelm von Bayern in die Gesellschaft einzutreten, »so wie auch Höchst Ihr Herr Sohn, der Herzog Pius Durchlaucht«. Die hohen Herrschaften wollten aber genau wie die übrigen Glieder behandelt werden und verbaten sich »feierlichst alle Auszeichnung, wie einen erhöhten, separierten Sitz im Saal«. Aber sie erwarteten doch, dass sie bei ihrem ersten Erscheinen »vom Director und den Herren Deputirten« in seidenen Strümpfen unten an der Stiege empfangen würden. Auch wollten sie sich nicht eigenhändig in das Mitgliedsbuch eintragen – das sollte der Director für sie erledigen.

Die Vermittlerrolle zwischen den Herrschaften und der Gesellschaft Harmonie spielte der Domkapitular Excellenz von Guttenberg, der zum Vorstand gehörte. In der Akte ist vermerkt, dass er nicht nur einen neuen Tanz einstudierte, sondern ihn auch selber anführte, sowie neue »Eccossaise«-Tanzkarten entwarf.

Im Mitgliederverzeichnis von 1842 stehen übrigens Erzbischof von Fraunberg sowie zwei protestantische Dekane und Stadtpfarrer, mehrere Geistliche Räte, Benefiziaten und Kapläne. Über deren tänzerische Aktivitäten ist leider nichts vermerkt.

»Soso, an Lumpnboll solls heuä im Fasching gebn«, brummte der Josef, der Wirt der »Würzburger Weinstube«, als er die Einladung der »Gesellschaft Harmonie« gelesen hatte. »Noja, wos sich halt die vornehma und reichn Leut so untä Lumpn voästelln!« Er konnte es direkt vor sich sehen: Ein bisschen malerisch, eine Spur zigeunerhaft und ein wenig zusammengewürfelt – so würden die Kostüme ausfallen. Er konnte auch die entzückten Ausrufe der Damen hören: »Wie süüß!« und »Reizend, und so originell!« »Obä wos tätn die soong, wenn amol a ächtä, richtichä Lump nei den Bollsool kummät?«

Ende der zwanziger Jahre, der Zeit der Weltwirtschaftskrise und der Arbeitslosigkeit, gab es auch in Bamberg viele zerlumpte Bettler. Als in den nächsten Tagen einer an seiner Wirtschaft vorbeiging, rief er ihn an: »Könnäst net a festa Hosn braung? Obä du müsstäst miä deina däfüä gebn!« Und er deutete auf die ausgefranste, bocksteife Hose des Bettlers. Auch die zerschlissene, dreckige Weste stach dem Josef ins Auge. »Die möcht i aa, griechst a gstrickts, worms Göllä däfüä!« Der Mann glaubte zuerst, dass er veräppelt werden sollte.

Aber der Wirt zog ihn in den Hausgang und holte eine Manchesterhose von kräftiger Qualität, die ihm inzwischen zu eng war, dem mageren Bettler aber genau passte. Der bedankte sich ein ums andre Mal und zog sich im Waschhaus um. Dort versteckte der Josef auch die Kleidungstücke, die einen unbeschreiblich scharfen Geruch ausströmten. »Dodäzu ziech i mei Schweizäkees-Hemmäd oo!« (Das war ein kariertes Hemd voller Löcher.) Von einer Vogelscheuche lieh er sich einen ausgeblichenen Hut, der nur mehr eine halbe Krempe hatte. Ein Paar total abgetretener Schlappen fand sich im Haus schließlich auch noch. Am Tag des Balles ging er zum »Billigen Jakob« nüber und kaufte ein Stück stinkädn Backstaakees, vom weichsten, schmierigsten, den es gab.

Nachdem er am Abend seine »Staatskleider« angezogen und sich das Gesicht geschwärzt hatte, schaute er wohlgefällig in den Spiegel: »Bist scho a echtä Lump!« sagte er zu sich selber. »Zän Glück sän Larvn voägschriebn«, dachte er, als er sich eine aufsetzte, »do kennt mä mich net gleich!« Dann steckte er noch den Käs in die Hosentasche und ging hinüber zur Harmonie. Der Saaldiener wollte dem übelriechenden Subjekt

Maskenball der Gesellschaft Harmonie 1926 oder 1927

keinen Zutritt gewähren, aber dieses wies eine Einladung vor – und er musste es passieren lassen.

Unwillkürlich wichen die schön maskierten Lumpen zurück, als sich der echte Lump ihnen näherte. Der Josef aber ging forsch auf die Frau Oberlandesgerichtsrat zu, die er trotz Larve an ihrem üppigen Busen sofort erkannte. »Schöne Frau, Sie wern doch am arma Lumpn ihre Hand nicht verwehren?« Notgedrungen streckte sie sie hin und erwartete einen Handkuss. Er aber griff in seine Hosentasche, fuhr ein paarmal über den Käse und schüttelte ihr dann kräftig die Hand und anschließend auch ihrem Gatten, der nicht von ihrer Seite wich. Zu ihm sagte er: »No, heut sän mä doch alla Lumpn!« Der zog empört die Luft ein und war nur noch sprachlos.

Dürfen wir auch schon in die Harmonie? Faschingsball-Aspiranten von 1932.

Unbeirrt setzte der Josef seine Runde durch den Saal fort. Strahlend und treuherzig gab er allen Damen und Herren, auch den unmaskierten, mit kräftigem Druck seine käsverschmierte Hand – sie mochten wollen oder nicht. Einem Großkaufmann klopfte er auf die Schulter: »Noja, es gibt halt väschiedna Sortn vo Lumpn und ich ghör zu die ganz arma! Zohlst mä an Schnaps?« »Wenns sei muss«, sagte der widerwillig, und schon hatte der Josef seine Hand ergriffen und drückte sie immer wieder: »Vägelts Gott, vägelts Gott!«

Dem Kaufmann schien die Stimme bekannt vorzukommen, und der Lump schaute, dass er weiterkam. Aus den Augenwinkeln sah er noch, wie der Mann an seiner Hand schnupperte und »Oldä Backstaakees!« murmelte. Schließlich bemerkte er, dass der Vorsitzende der »Harmonie« zunehmend erregt auf den Saaldiener einsprach, der immer wieder sagte: »Obä eä hot doch a Einlodung ghobt, Hää Doktä, waaß Gott, wos für a hochs Tieä dähintästeckt!«

Da wurde dem Josef der Boden doch zu heiß und er schlich sich unauffällig davon. Daheim zog er sich schnell um und kam bald darauf als sauberer, »schöner« Lump zurück. Inzwischen hatte man sich zwar die Hände gewaschen und den Saal gelüftet – aber der Ball kannte nur ein Gesprächsthema: der unverschämte, stinkende Lump! Der Josef konnte gar nicht oft genug davon hören und fragte immer wieder: »A echtä Lump? Und mä waaß net, wers woä? No, wenn mä den däwüscht!«

Kartofflgemüs

Nooch da Gschicht vom Kartofflgemüs hom mich so vill Leut oogäredt, dass sie doch aamol aans kochn möchten. Und die Monika, die Lektorin vom FT-Verlooch, die will ja sowieso in jedem Buch a Rezept hom. No, do hobi gädocht, es is välleicht net väkehrt, wenn i meins aufschreib:

1 1/2 Pfund Kartoffeln
Salz
1 Lorbeerblatt
1 Stückchen Zitronenschale
1 mittlere Zwiebel
50 g Butter
25 g Mehl
1 Esslöffel Majoran
Zitronensaft
glatte Petersilie, feingehackt, notfalls gefroren
schwarzer Pfeffer gemahlen
1 Schuss Sahne

Die Kartoffln scheeln und in Scheibn schneidn. Mitn Lorbeerblott und dä Zitronaschooln in Solzwassä weichkochn.

Die feingschnittna Zwiefln wern mit Mussäroo (Majoran) in dä haaßn Buttä oogädünst – obä net gäbräunt! Donn kummt es Mehl däzu, noja, mä mecht halt a hells Eibrenn. Do nei wird untä kräftichn Rührn Schöpfä füä Schöpfä vom Kartofflsud gärührt. Des Pettäla werd kurz mitgäkocht. Zäletzt kummt nuch dä Zitronasoft und dä Pfeffä däzu und a Spruuz Rahm. Wenns nötich is, nuch nochsolzn!

Frühä, voä dä BSE-Zeit, hätt i gsocht, do ghöät a Stück waachs Suppnfleisch däzu. Etzät root i halt zu an gäräuchertn Bauch, Läbä- odä Rotwürscht, haaßä Knoblauchwurscht odä Regnsburchä. Zägöä a Läbäkees passt däzu!

Das alte Kaulberger Rezept vom Kartofflgemüs ist von der Liesl (rechts im Bild) auf die Rettl überkommen. Links langt jener Fritz zu, der auf dem Titelbild goä so frech in die Linsn grinst. Sein großer Appetit beim Schnappschuss oben zeigt an, dass es sich hier möglicherweise nicht um Kartofflgemüs handelt. Odä doch?

Die Bamberger Stadtschreiberin

Nachwort von Willy Heckel

Ich hob's kumma g'säng: Auf Dauer reicht der Kaulberg, so lang er sich auch hinzieht vom Hohen Kreuz über den Laurenziplatz und seinen oberen, mittleren und unteren Teil bis hinunter ans Pfahlplätzchen und so üppig er sich auch nach links und rechts verzweigt mit seinem Adergeflecht an Straßen, Gassen, Gässchen und Wegen hinüber zum Domberg, zur Auffahrt zur Altenburg und in Richtung Stephansberg und dabei alle Anstalten macht, den Domgrund ebenso leicht zu überspringen wie den Süßen Grund und die Panzerleite – nein, auf Dauer reicht er nicht aus.

Und auch die Kaulberger samt ihrer Häckertradition hinter den alten Hausfassaden mit den großen, zum Teil immer noch grün gestrichenen Holztoren sind nicht gewichtig genug – der heilige Urban mag's verzeih'n –, allein so viele Geschichten zu gebären und sie herauszupressen aus dem Fruchtfleisch der noch frischen Erinnerung, dass das hungrige, stets auf neuen Stoff bedachte Erzähltalent der Rettl Motschenbacher davon allein satt würde.

Ich hob's kumma g'säng: Die Rettl muss, ohne flüchtig zu werden, runter steigen von ihrem geliebten Kaulberg, muss zügigen Schritts hinein in die anderen alten Quartiere der Stadt, dort ihre Ohren spitzen und mit ihrer literarischen Sonde auch hier nach den alten G'schichten suchen, die hinter dem Kurzzeitgedächtnis noch in den Köpfen nisten und darauf warten, herausgeholt und festgenagelt zu werden, damit sie uns wissen lassen, wie's gestern und vorgestern war – nicht nur am Kaulberg, sondern auch »unten in der Stadt« und bei den Gärtnern um St. Gangolf und Otto, und in der Wunderburg, halt in unserem Bamberg.

Ich hob's a kumma g'säng, dass der FT-Buchverlag in Schwulitäten kummt, nach den »Geschichten vom Bamberger Kaulberg« im Band *Häcker, Heilige und Hollämöffl* aus dem Jahr 1997 und den »Neuen Geschichten vom Bamberger Kaulberg« im zwei Jahre später, also 1999 erschienenen Band *Zwoggäla, Grischperla und Blunzn* das dritte Rettl-Motschenbacher-Buch mit den dann wohl »neuesten oder weiteren Geschichten vom Bamberger Kaulberg« zu betiteln. Ich war deshalb überhaupt nicht überrascht, dass ich Mitte März 2001, als man mich bat, ein Nachwort für den neuesten Band zu schreiben, auf meine Frage an den Verlag, wie denn das Buch überhaupt heißen werde, die Antwort erhielt: »Wenn mäs nä no scho wüsstn!« Ich hob's ja kumma g'säng...

Wie die Suche nach dem neuen Buchtitel auch immer geendet haben mag, dieses dritte Buch von Rettl Motschenbacher ist nicht etwa Abschluss einer Trilogie; es ist eine Öffnung, ein neuer Anfang, fast schon ein Versprechen, bald neue Geschichten erzählt zu bekommen, und zwar nicht nur vom Kaulberg. Rettl Motschenbacher ist unterwegs zur Bamberger Stadtschreiberin. Und sie ist dafür geeignet wie zur Zeit keine andere und kein anderer: durch ihr Erzähltalent; durch ihre Gabe, die Pointen nicht nur richtig zu platzieren, sondern sie platzen zu lassen wie auf Steinboden geworfene Knallerbsen; durch ihr Bambercherisch, das zur Zeit niemand in solcher Fülle und solch leichter Lesbarkeit zu schreiben versteht wie sie. Und schließlich ihrer großen Lesergemeinde wegen. Dieser »Fanclub« ist meiner Ansicht nach Garantie dafür, dass ihr auch außerhalb ihres persönlichen Bezugsraumes »Kaulberg« genug Geschichten erzählt und anvertraut werden im Wissen, dass sie bei ihr in guten, in den besten Händen sind.

Wir dürfen also hoffen, bald nicht nur – wie in diesem Band schon etliche Male der Fall – Geschichten von dem Wirts-Original der »Würzburger Weinstube« aus dem Zinkenwörth oder dem »Billigen Jakob« Franz Josef Metzner zu erfahren, sondern auch lustige, kuriose, dramatische und nachdenkliche Erzählungen von den Leuten in den anderen Stadtteilen. Weil Rettl Motschenbacher nicht nur den Handlungsfaden straff hält, sondern zugleich über die Gabe verfügt, die Lebens-, Zeit- und Ortsumstände, in deren Rahmen ihre Geschichten spielen, exakt und bildreich zu beschreiben, könnte so eine Topographie des Bamberger Alltagslebens im 20. Jahrhundert entstehen, denn auf der Bühne dieses Säkulums werden wohl die meisten Geschichten spielen, weiter zurück reichen die gelebten Erinnerungen kaum.

Die Verfallszeit des kollektiven Gedächtnisses einer Generation entspricht in etwa drei Vierteln des statistischen Lebensalters, dessen sich die Zeitgenossen erfreuen dürfen. Obwohl uns die moderne Technik Möglichkeiten an die Hand gibt, Erinnerungen in bisher ungeahnter Weise zu speichern, auch in bewegten Bildern, die sich leicht und unkompliziert wiedergeben lassen, oder im Originalton unserer Eltern und Großeltern, darf man eher davon ausgehen, dass in unserer Zeit noch schneller vergessen wird als früher. Ein heute vierzigjähriger Bamberger, auf der Kettenbrücke stehend und einem mächtigen Schubverband nachschauend, der von der Schleuse an der Galgenfuhr her auf dem Main-Donau-Kanal talwärts schwimmt, kann sich kaum vorstellen, dass hier bis Mitte des 20. Jahrhunderts die im Sommer äußerst spärlichen Wasser des rechten Regnitzarmes durch die Sand- und Binseninseln Slalom flossen oder dass es sich in harten Wintern auf dem zur Gänze und verlässlich fest zugefrorenen Fluss herrlich Schlittschuh laufen ließ, vom Streichwehr an der heutigen Löwenbrücke bis hinauf zum Priesterseminar!

Wer weiß heute noch, dass im Thoracker, wo sich längst Märkte und Gewerbe breit gemacht haben, im Sommer die Dreschmaschine summte und die Gärtner ihren Roggen und

Weizen droschen, und dass es gleich nebendran eine Schütt gab als den frühen Versuch, Müll zu kompostieren? Wer glaubt den Beteuerungen der Großvätergeneration, es habe sich früher auf den Bamberger Hügeln herrlich Ski fahren lassen, am Rothof sei sogar eine Sprungschanze gebaut worden, Schanzenrekord an die fünfzehn Meter, und wenn die Winter besonders schneereich waren, sei man vom Bergschlösschen über die »Allee«, Jakobsberg und Aufseßgasse bis zum Wagner Kohmann in der Elisabethenstraße gefahren und habe erst dort seine Eschenholzbretter abgeschnallt?

Wer erinnert sich noch der Barackensiedlung an der Kornstraße, wo sich nach starken Regenfällen zwischen den Holzhütten immer ein mittelgroßer Weiher bildete; wer geht oder fährt mit dem Rad im Geist noch auf dem »Abschneider« am Rande des Hauptsmoorwaldes, der einst quer durch die heutige Gartenstadt das Straßenknie der äußeren Memmelsdorfer Straße verkürzte; wer denkt noch zurück an die »großen Zeiten« in der Radrennbahn im Volkspark, als die Schrittmacher und die Steher ihre Runden drehten; und wer noch hat den süßen Geschmack der Albrecht-Dürer-Perle aus jenen Zeiten auf der Zunge, als das Limo schlicht Chabeso hieß?

Ich erwähne solch längst vergangenes Bamberger Szenario nur deshalb, weil ich mir vorstellen kann, dass es in den neuen Geschichten, die Rettl Motschenbacher noch schreiben sollte, Kulisse sein kann für Erinnerungen an das Lebensgefühl und die so genannten Befindlichkeiten jener Leute aus unserer Stadt, die jetzt jenseits der siebzig oder achtzig sind und sich anschicken, Bilanz zu ziehen. Und froh wären, wenn auch »ihre Zeit« in Geschichten, wie sie Rettl Motschenbacher auch in diesem Band ihrer großen Lesergemeinde serviert, festgeschrieben würde. Denn, so Karin Dengler-Schreiber im Nachwort zum zweiten Rettl-Motschenbacher-Buch, »ohne Erinnerung verliert man sich selbst«. Schreib', Rettl, schreib'!

Über die Autorin

Rettl Motschenbacher wurde anno 1931 als erstes Kind des Flaschnermeisters Adam Müller und seiner Ehefrau Elisabeth geboren. Wie schon drei ihrer Urgroßväter wurde sie in der Oberen Pfarre getauft, und zwar auf den Namen Margareta Maria. Ihre Patin war die Tant Reta Motschenbacher, die in ihrer Jugend noch »Rettl« gerufen wurde. Daher auch das Pseudonym!

Schon in ihrer frühen Kindheit konnte sie nicht genug Märchen hören und als sie das Lesen gelernt hatte, waren Bücher für sie das Höchste. Die erste Geschichte, die sie sich selbst erbuchstabierte und die von Kindern in der realen Welt erzählte, beeindruckte sie unwahrscheinlich. Sie konnte sich nicht vorstellen, dass Menschen sich so etwas Schönes ausdenken könnten und glaubte, es käme vom Himmel.

Mit der Mittleren Reife verließ sie die Mädchenschule im Bach und versuchte, die Kochkünste ihrer Mutter zu erlernen. Knapp zwanzig, heiratete sie den Lehrer Josef Schmidt und zog mit ihm nach Schäätz. Sie brachte zwei Buben und zwei Mädchen zur Welt und war – inzwischen wieder in Bamberg – nahezu zwanzig Jahre mit deren Erziehung und mit Haushalt vollkommen ausgefüllt.

Als die Kinder allmählich auszogen, engagierte sie sich in der Pfarrei, in der Frauenarbeit, im Weiberfasching und als Berichterstatterin für den *Fränkischen Tag* über das Gemeindeleben. 1995 eröffnete sich die Möglichkeit, die »Kaulberger Geschichten« in der Zeitung zu veröffentlichen. Sie erschienen in unregelmäßigen Abständen. Wenn diese aber zu lang waren – weil die aktuellen Berichte eben vorgingen –, konnte es sich die Rettl nicht verkneifen, in der Redaktion anzurufen: »Etz liecht des ›Kartofflgemüs‹ scho drei Wochn bei euch! Inzwischn is net bloß kold worn, es is bästimmt scho väschimmlt!«

Auch mit dem Bayrischen Rundfunk machte die Rettl ihre Erfahrungen. In der Volksmusiksendung zu Weihnachten brachte Hansi Würth die von ihr gelesene Mundartfassung der »Weihnachtsgans«. Einleitend sprach er von der Rettl als von einer sympathischen Dame (?) und – »sie möge es mir verzeihen – von einer Oma wie aus dem Bilderbuch.«

Sie selbst meint dazu: »Ja, wos willi denn andärsch machen als väzeiha – aa wenn ä miä sämtlicha männlichn Verehrä dämit väprellt hot!«

Dank/Abbildungsnachweis

Den folgenden Freunden, Verwandten, Bekannten und Lesern meiner Bücher habe ich für Anregungen und Auskünfte zu danken: Monika Bayer, Ulrike Berner, Barbara Büttner, Fritz Eichfelder, Gerda Englisch, Hella Förner, Olga Frank, Meta Gätzschmann, Bruno Heckes, Philippine Henninger, Christl Hess, Norbert Igel, Gunda und Heinrich Kemmer, Gunda Krebs, Ruth Meixner, Walter Milutzki, Fritz Müller †, Grete Müller, Hans Reges, Dr. Ulrich Schmidt, Hans Schwenzer, Theresia Sterzl, Schorsch Tafler, Josefine Walther, Rudi Wolf und Leopold Zöttlein.

Ebenso gilt mein Dank denjenigen, die mir so freundlich und selbstverständlich wertvolle alte Fotos zur Verfügung gestellt haben: Gunda Kemmer, Ruth Meixner, Theresa von Mengershausen, Ingmar Michel (Mahr's Bräu), Grete Müller, Josef Schmidt, Wolfram Schmidt, Leopold Zöttlein (»Würzburger Weinstube«).

Weitere wichtige Vorlagen stammen von Emil Bauer (Umschlagrückseite sowie S. 17 und 63), Ronald Rinklef bzw. dem Internationalen Künstlerhaus Villa Concordia (S. 26), Alfons Steber (S. 11), dem Auktionshaus Waltraud Boltz in Bayreuth (S. 41), das berühmt ist für seine Nachttopfauktionen, sowie dem Stadtarchiv (S. 22, 25, 36, 47, 52, 55, 67, 70, 85, 93, 97 und 103), dessen Bildarchiv auch dank Jürgen Schraudner eine erstklassige Fundgrube ist.

Mein besonderer Dank gilt dem früheren FT-Lokalchef und »Stadtschreiber von Bamberg«, Herrn Willy Heckel, für sein in der Tat schmeichelhaftes Nachwort (»Es wär ja schöö, wenn mäs glaabn könnt!«), Frau Monika Beer für die freundschaftliche Zusammenarbeit, meinem Sohn Uli, dem kritischen Fachberater, und meinem Mann Josef, ohne dessen Geduld, Zuhör- und Fahrbereitschaft es auch dieses Buch nicht gäbe.

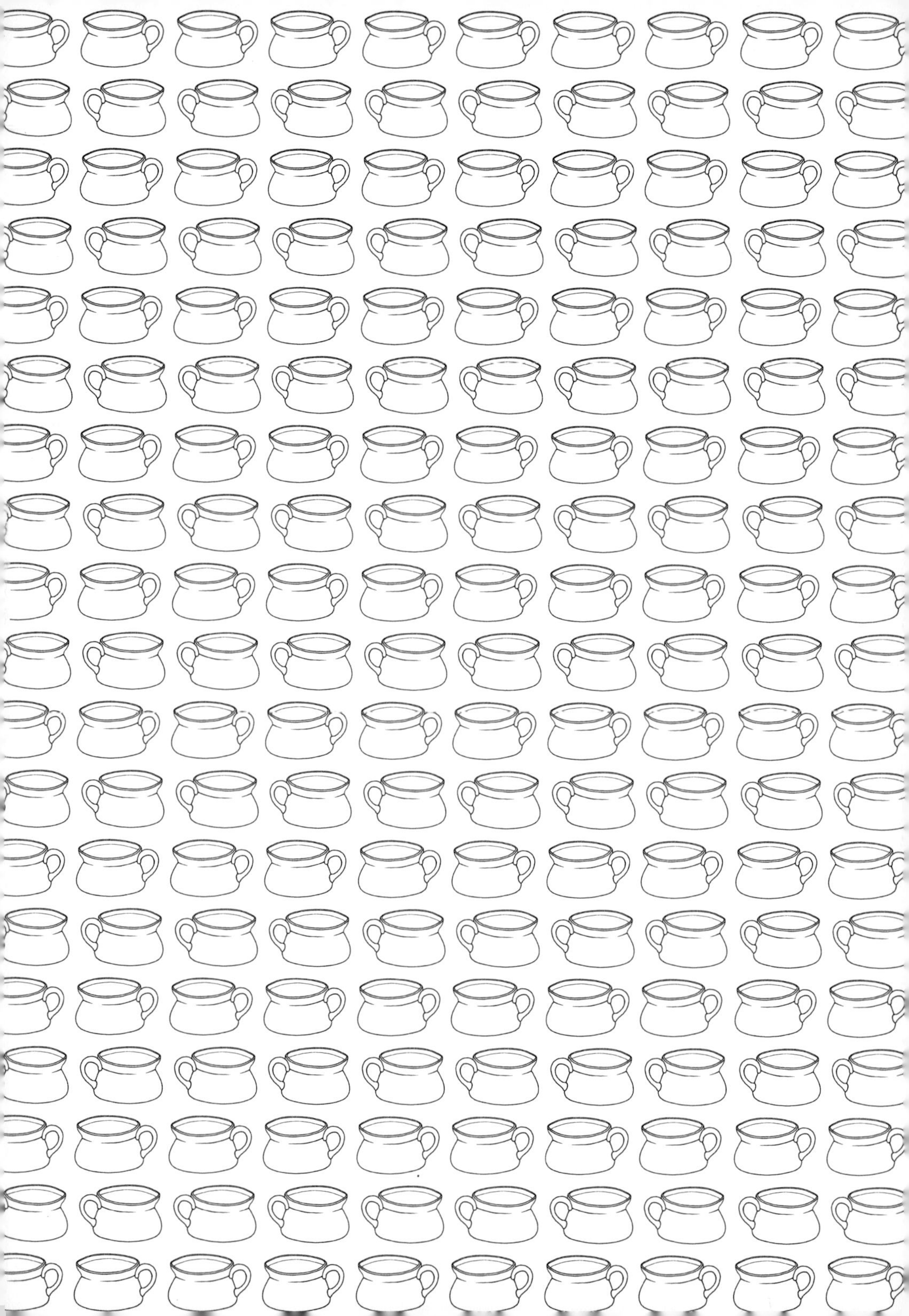

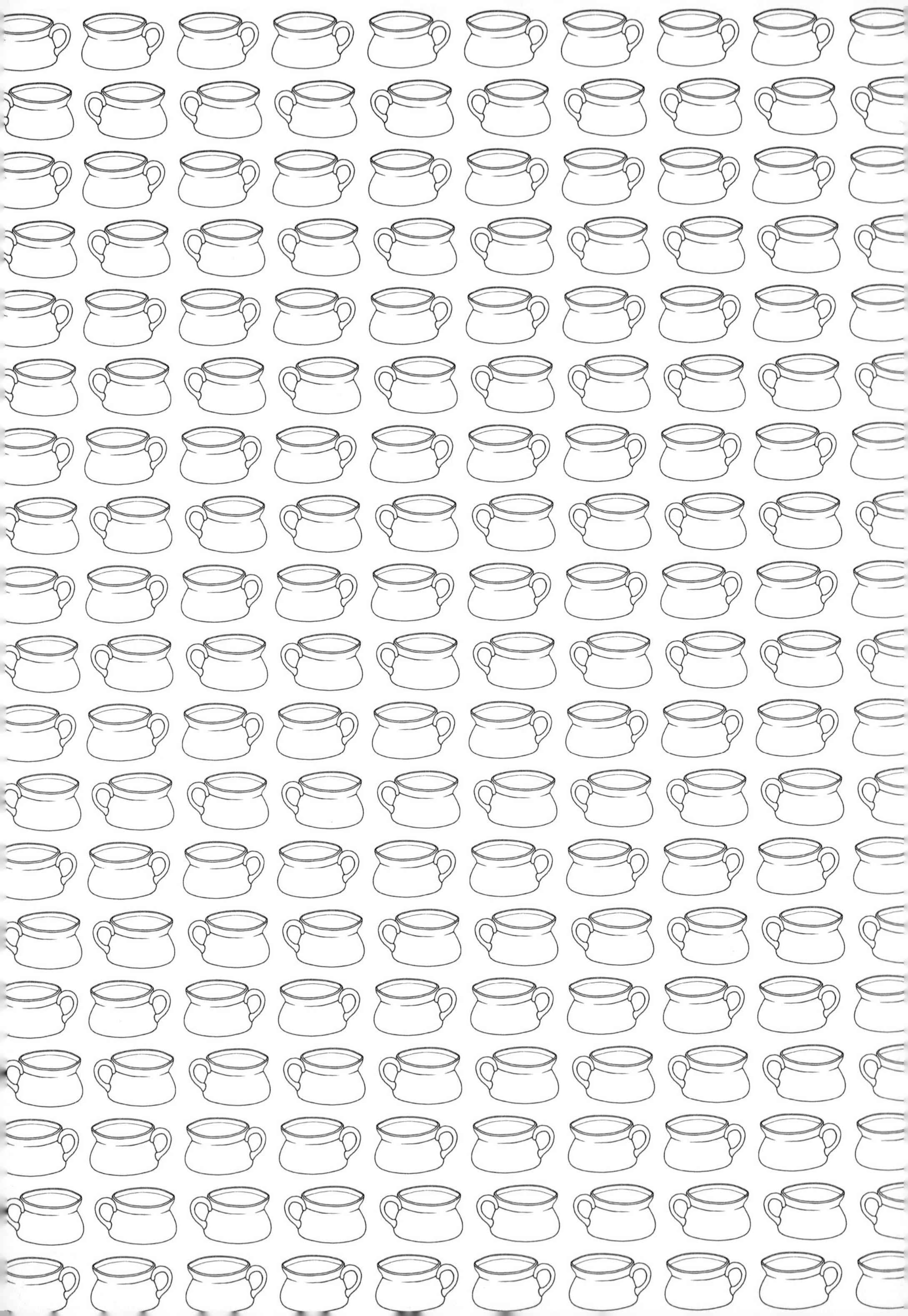